BARBE BLEUE,

FOLIE-FÉERIE EN DEUX ACTES,

MÊLÉE DE CHANTS ET A GRAND SPECTACLE,

PRÉCÉDÉE

D'UN COUP DE BAGUETTE,

PROLOGUE EN UN ACTE A GRAND SPECTACLE,

PAR MM. FRÉDÉRIC ET BRAZIER;

MUSIQUE ARRANGÉE PAR M. LEBLANC,
BALLET DE M. LEFEBVRE,
DÉCORATIONS PEINTES PAR M. GUÉ ;

REPRÉSENTÉE POUR LA PREMIÈRE FOIS, A PARIS, SUR LE THÉATRE DE LA GAITÉ, LE 24 MAI 1823.

PRIX : 1 Fr. 25 Cent.

PARIS,

CHEZ POLLET, LIBRAIRE ÉDITEUR, RUE DU TEMPLE, N°. 36, VIS-A-VIS DE CELLE CHAPON.

1823.

<table>
<tr><td>PERSONNAGES.</td><td></td><td>ACTEURS.</td></tr>
</table>

CLAIRE. } Sœurs, jeunes filles très- { Mme ADOLPHE.
ANNE. }   pauvres.   { Mlle. DUMOUCHEL.

MACLOU, tisserand, amoureux de

  Claire...................... M. DUMÉNIS.

LA FÉE NINETTE , vieille et

contrefaite.................... Mlle. MUNERET.

UN MARIÉ .... M. DUMOUCHEL.

UNE MARIÉE................. Mlle. BOIS.

Paysans et Paysannes.

Petits Génies et petites Nymphes.

Gens de Barbe-Bleue.

— · —

Vu au ministère de l'Intérieur, conformément à la décision de son Excellence, en date de ce jour.

Paris, le 28 février 1823.

Par ordre de son Excellence,

Le Chef-Adjoint,

Signé COUPART.

IMPRIMERIE DE HOCQUET.

PROLOGUE.

Le théâtre représente une chambre pauvre.

SCENE PREMIÈRE.

CLAIRE, ANNE.

Elles sont assises, chacune à l'une des extrémités du théâtre et filent au rouet.

ANNE.

Claire, tu ne dis rien ?

CLAIRE, *soupirant.*

Non.

ANNE.

Tu es donc malade ?

CLAIRE.

Oui.

ANNE.

Qu'est-ce que tu as ?

CLAIRE.

Je ne sais pas... je m'ennuie...

ANNE.

Et de quoi ?

CLAIRE.

D'être fille... na.

ANNE.

Marie-toi.

CLAIRE.

Je ne demande pas mieux, mais avec qui ?

ANNE.

Pardi !.. avec ton prétendu, avec Maclou.

CLAIRE.

Je n'en veux pas.

ANNE.

Tu en as voulu ?

CLAIRE.

C'est possible ; mais je n'en veux plus...

ANNE.

Pourquoi?

CLAIRE.

Parce que...

ANNE.

Je croyais pourtant que tu l'aimais...

CLAIRE.

Et moi aussi, je le croyais ; mais tant pis... pourquoi est-il pauvre?

ANNE.

Ça n'est pas sa faute.

CLAIRE.

Je ne sommes pas faite pour être la femme d'un tisserand.

ANNE.

Et toi, qu'est-ce que tu es donc?

CLAIRE.

Une fille de rien ; et v'là justement pourquoi je veux un mari qui fasse queuqu' chose de moi.

ANNE.

Tu n'es pas difficile.

CLAIRE.

Je ne sais pas comment ça se fait, depuis quelque temps je suis toute tourmentée ; il me semble ben que j'aime encore Maclou ; mais j'ai une envie de devenir riche !... on dirait d'un sort qu'on m'a jeté, c'est plus fort que moi ; et, si je trouvais un mari qui fît ma fortune, je sens que je n'aurais pas le courage de rester fidèle à Maclou.

ANNE.

Ah! ma sœur !

CLAIRE.

Ecoute donc ; depuis que nous avons perdu nos parens, nous sommes continuellement dans la gêne ; j'ons beau travailler des pieds et des mains, j' gagnons à peine de quoi nous nourrir, pas seulement de quoi acheter un casaquin, un bonnet, un ruban.

ANNE.

Tiens, Claire, t'as de l'ambition.

CLAIRE.

Je ne dis pas non.

(5)

AIR : *Le noble éclat du diadéme.*

Quand je r'gard' mon cotillon d' laine
Et mon modeste caracot,
Quand j' vois mon tablier d'indienne
Et ma cornette en calicot,
Dans la douleur où je me noie,
J' dis mais qu'est-c' qu'ont donc fait au sort
Celles qui port'nt d' la bourr' de soie
Et des bijoux en similor ?

ANNE.

Claire, un queuq' z'un t'a tourné la tête.

CLAIRE.

Du tout, c' n'est pas un queuq' z'un, c'est un rêve.

ANNE.

Un rêve ! est-il possible ?

CLAIRE.

Je vas te conter ça. Hier, après m'être endormie, comme de coutume, j'ai rêvé qu'un grand seigneur devenait amoureux de moi, qu'il m'épousait, et m'emmènait dans un château superbe.....

ANNE.

Oh ! le joli rêve !... et ce seigneur, c'était-il un beau garçon ?

CLAIRE, *soupirant.*

Oh ! non, par exemple ; mais il était si riche ! si tu savais comme j'étais heureuse... Tiens, écoute :

AIR : *Dans cette solitude.* (De Riquet.)

Au sein de la richesse,
J' comptais de vrais amis,
Faisant du bien sans cesse
J'en recueillais le prix :
Ceux qu' j'obligeais, ma chère,
Se souv'naient d' mes bienfaits.

ANNE.

Hélas, ma pauvre Claire,
On voit bien qu' tu rêvais.

CLAIRE.

Quoiqu' femme du haut parage,
J' n'avais aucun' fierté,
Et mêm' de mon village

J' conservais la gaîté ;
L'homm' q·i m'avait su plaire
Ne me trompait jamais.

ANNE.

Hélas ! ma pauvre Claire,
On voit bien qu' tu rêvais.

CLAIRE.

L'amour et la constance...

ANNE , *l'interrompant.*

Paix... v'là Maclou ; il n'est plus question d' ça.

SCÈNE II.

Les Mêmes , MACLOU.

MACLOU,

Bon jour, Claire.

CLAIRE , *froidement, et se remettant au rouet.*

Bon jour, bon jour.

MACLOU.

Bon jour, Anne.

ANNE.

Bon jour, mon bon Maclou. Eh ben ! quelle nouvelle ?

MACLOU.

Ah ! une grande... Vous savez bien ce riche seigneur
du château de Faufignac, qui se nomme Mimi-Cruel,
et qu'on appèle vulgairement la Barbe-Bleue, eh bien, il va
se remarier en huitième noce, ou pour la huitième fois, si
vous l'aimez mieux.

ANNE.

Bah !...

CLAIRE.

Et qui épouse-t-il ?

MACLOU.

On n'en sait rien encore. Vous pensez bien qu'il n'y
a pas foule pour épouser un vilain monsieur comme
celui-là !

ANNE.

Je ne voudrais pas me trouver sur son passage.

MACLOU.

Je crois bien ; vous n'auriez qu'à lui donner dans l'œil ,
ça serait fini ; crac , dans le sac , avec les autres.

CLAIRE.

Dans le sac...

MACLOU.

Ça ne pèse pas une once avec lui.

Air : *Nous nous marierons dimanche.*

C'est qu' c'est tout d' suit' fait,
Dès qu'un' femm' lui plaît ,
Le monsieur s' met en patrouille
    Afin d' la charmer
    Et d' s'en faire aimer ;
Faut voir comme il s' débarbouille ;
    La bell' sourit ,
    Ell' s'attendrit ,
        Gazouille ,
    Tant bien que mal
    L'oui conjugal
    S' berdouille.
    Il l'épous' l' lundi ,
    Et souvent l' mardi ,
Ni vu , ni connu j' t'embrouille.

ANNE.

Ah ! mon Dieu , qu'est-ce que tu me dis-là...

MACLOU.

Ni, ni, fini ; jamais on ne ra d' ses nouvelles.

ANNE.

Oh ! le vilain homme !

MACLOU.

Pour ça, oui ; sa figure est affreuse à cause de sa barbe ;
on assure qu'il est venu au monde comme un homme avec
de la barbe.

ANNE.

Mais il ne se fait donc pas raser ?

MACLOU.

Raser ! comme vous y allez, vous ! Vous croyez qu'une
barbe bleue, ça se rase comme une autre ; mais, pas du
tout ; c'est une magie... un don de fée... un diable... que
sais-je , moi ? faudrait de fameux rasoirs , allez, et un
perruquier qui ait le fil... Il a promis une récompense

honnête à celui qui parviendrait à lui extirper sa barbe!
ah ben, oui! on n'a pas pu; on a voulu essayer de la
scier, mais c'était trop dur..... Dieu, ce pauvre cher
homme, que je le plains d'avoir au menton une pareille
infirmité! Il me fait des peurs quand je le vois!.....
Est-ce que, l'autre soir, il ne m'a pas jeté un petit
coup-d'œil en passant....

CLAIRE.

Tu vas donc au château?

MACLOU.

Très-souvent... Je suis son tisserand ordinaire.

ANNE.

Est-il méchant?

MACLOU.

Il est méchant, et il n'est pas méchant. Quand il n'est pas
en colère, c'est le meilleur homme du monde; n'y a que
quand il se fâche... oh! alors, il n'y fait pas bon!...
Vous pensez bien que cet homme, dans sa position, a
des ennuis, des dégoûts, des vapeurs....

CLAIRE.

C'est pour cela qu'on dit qu'il sort rarement du
château,

MACLOU,

Très-rarement; c'est aussi parce qu'il a peur de paraître
encore plus vilain en s'habillant à la mode, qu'il est toujours costumé ni plus ni moins que les portraits de ses
descendans qui sont dans son château.

CLAIRE.

(*A part.*) C'est juste comme dans mon rêve. (*Haut.*) Il
doit être riche?

MACLOU.

Je vous en réponds.... c'est un homme qui ne connaît
pas sa fortune; il a des chambres ousque l'on marche
sur des perles fines, comme nous marchons sur les pavés
de la grande route.

CLAIRE.

Où a-t-il pu gagner tout cela?

MACLOU.

C'est un secret... On croit dans le château, qu'il est un
peu magicien, et que, quand il manque d'or, un sorcier de ses
amis lui envoie de l'argent pour en acheter. Mais, avec tout ça,
j'aime encore mieux être pauvre et beau comme je suis,
que d'être riche et laid comme il est; n'est-ce pas, ma petite
Claire!... A propos, je viendrai te chercher ce soir, pour

te mener à la noce de Guillanme et de |Marie ; je veux t'y faire danser, en attendant que nous dansions à la notre ; ça sera bentôt notre tour, n'est-ce pas ?

CLAIRE , *froidement.*

Tiens, ça vous reprend.

MACLOU.

Mais y me semble que ça ne m'a jamais quitté.

CLAIRE , *à part.*

V'là une bonne occasion pour me brouiller. *(haut)* Le bel amoureux ; depuis une heure qu'il est ici, il ne m'a pas tant seulement dit un mot de galanterie.

MACLOU.

Je ne pouvais pas m'occuper de vous et de la Barbe-Bleue.

CLAIRE.

Laissez-moi… vous n'êtes qu'un… je ne vous aimons plus… et si jamais je me marie, ça sera avec un queuq'z'nn de plus aimable que vous.

MACLOU *interdit, à Anne.*

Oh !… sais-tu ce que cela veut dire, Anne ?

ANNE , *à Maclou.*

Je te conterai tout.

MACLOU.

Ne me dissimule rien.

ANNE.

Fais semblant de te fâcher.

MACLOU , *à Anne.*

Tu as raison ; ça ne peut pas faire mal. *(à Claire.)* Savez-vous bien, mamzelle, que vous le prenez sur un ton…

CLAIRE.

Qui me convient ; tant pis s'il vous déplaît.

MACLOU.

Est-ce parce que je sommes pauvre ?..

CLAIRE.

C'est pour ce que ça veut.

MACLOU.

Savez-vous bien que si je n'ai rien, nous en avons autant l'un que l'autre… *(à Anne.)* Est-ce bien ?

ANNE , *à Maclou.*

A merveille !

MACLOU.

Et que… et que… et que…

CLAIRE.

Vous m'ennuyez.

MACLOU.

Ah ! c'est comme ça que vous le prenez !.. Adieu.

CLAIRE.

Bon jour.

MACLOU.

Eh ben ! bon soir..... vous n'êtes pas gênée..... par exemple.

CLAIRE.

Comme vous voudrez.

MACLOU.

AIR : *Le beau Lycas aimait Thémire.*

Adieu, volage. . .

CLAIRE.

Adieu grand' bête. . .

MACLOU.

Adieu, parjure. . .

CLAIRE.

Adieu, nigaud.

MACLOU.

Adieu, perfide , adieu coquette. . .

CLAIRE.

Adieu, butor, adieu, pataud !..
Je ne vous trouv' plus rien d'aimable.

MACLOU.

Vous êt's méchante comme un diable.

CLAIRE.

Je n' veux plus d' vous pour mon amant.

MACLOU.

J' vous remplac'rai ben aisément.

CLAIRE.

C'est au moins un' chose agréable
Que d' se quitter ben poliment.

(*Anne et Maclou sortent.*)

SCÈNE III.

CLAIRE , *seule.*

Qu'il s'en aille, tant mieux ; j'ai besoin de rester seule pour réfléchir à part moi , sur ce qu'il vient de raconter ; ça serait-il un avertissement de la destinée du sort , et mon rêve serait-il près de s'accomplir ?.. dame, c'est que ça se rapporte bien avec tout ce que Maclou en dit ; les habits à l'ancienne mode, la barbe , les trésors , j'ai vu tout ça... son aspect m'a d'abord effrayée...cependant, si le seigneur Barbe-Bleue n'est pas réellement méchant, une femme

douce , prévenante pourrait l'adoucir. Quand à son âge et
à sa vilaine barbe, avec le temps, on pourrait s'y accoutu-
mer , comme dit la chanson que ma mère répétait si souvent.

AIR : Il est certains barbons.

Y a des maris barbons
Qui sont encor bien bons,
Ils ne sont ni brillans,
Ni vifs , ni sémillans :
On n' cit' pas leur tournure,
On n' parl' pas d' leur figure ,
Mais ils ont je n' sais quoi
Qui vaut mieux, selon moi.

Un garçon , jeune et frais ,
Ne cherche pas à plaire ;
Un vieillard , au contraire,
Se met souvent en frais ;
Ce sont des p'tit's prév'nances,
Des soins , des complaisances ,
Des présens tous les jours
Et d'aimables discours ;
Oui, de ce vilain seigneur
La barb' ne m' fait pas peur !

Y a des maris barbons
Qui sont encor bien bons , etc.

Allons, v'là qu'est dit .... il veut se marier, je vas
me mettre sur les rangs, et peut-être que je serons assez
heureuse pour lui donner dans l'œil... mais ce pauvre Maclou... ah bien ! on s'occupera de lui... je lui ferai avoir
une belle place... concierge ou garde-chasse de mon château. Ma bonne marraine , vous qui aviez tant promis à ma
mère de veiller sur moi et d'assurer mon bonheur, est-ce
ainsi que vous tenez votre promesse ? se peut-il que vous
m'abandonniez ?

UNE VOIX de vieille femme.

« Je ne t'abandonne pas ; cueille une fleur de ton rosier,
et tes desirs seront satisfaits.

CLAIRE.

Que je cueille une fleur de mon rosier ! (elle approche du
rosier.) C'est drôle, je tremblons comme la feuille.

Elle cueille une rose , la caisse s'ouvre , et il en sort une petite
femme toute contrefaite.

SCÈNE IV.

CLAIRE, NINETTE.

CLAIRE, *jette un cri.*

Ah !...

NINETTE.

Eh bien ! qu'est-ce que tu as donc ?

CLAIRE.

Rien, ma marraine. (*elle rit*) ah ! ah ! ah ! ah !

NINETTE.

C'est ma figure qui te met en gaité ?

CLAIRE.

Ma marraine, vous êtes farce...

NINETTE, *avec humeur.*

Sais-tu que tu n'es guère honnête, de me rire comme ça au nez ?

CLAIRE.

C'est pas ma faute, c'est plus fort que moi.

NINETTE, *la prenant par la main.*

Viens par ici.

CLAIRE.

AIR : *Ah ! comme c'est drôle.*

Ma marraine, quand vous m' touchez,
    Comme vous êt's drôle !
Ma marraine, quand vous marchez,
    Comme vous êt's drôle ;
Quell's petit's mains, quels petits bras,
Quels petits pieds, quels petits pas,
Ah ! mon Dieu ! que vous êt's drôle !
Pardon, mais je n' m'attendais pas
    A vous trouver si drôle.

NINETTE.

Va, va, malgré ma petite taille...

AIR : *du ménage de garçon.*

Quand je le veux, je puis tout faire,
On m'obéit au même instant,
D'un bout à l'autre de la terre,
Sache que mon pouvoir s'étend.

CLAIRE.

Je n' doutons pas d' votre mérite,
Mais c' qui m'étonne tout de bon ;
C'est qu'une femme si petite
Puisse avoir le bras aussi long.

NINETTE.

Voyons, pourquoi m'as-tu appelée?

CLA RE.

Vous allez peut-être me gronder ?

NINETTE.

Et de quoi?

CLAIRE.

Du petit service que je vas vous prier de me rendre.

NINETTE.

Allons, parle.

CLAIRE.

Ma marraine , c'est pour que vous ayez la bonté , sans vous déranger , de me marier convenablement. Je croyais être heureuse en épousant Maclou; mais , depuis quelques jours, il m'est poussé dans la tête tout plein d'idées de fortune ; j'ai beau vouloir n'y pas penser, ça revient toujours , faut que ça soit une inspiration d'en haut, et j'ai pas la force d'y résister. Je voudrais donc devenir la femme du seigneur Barbe-bleue, qui, dans le moment où je vous parle, cherche un établissement.

NINETTE, *à part.*

Bien, j'ai réussi.

CLAIRE.

Comme dans votre état de fée ça vous est aussi facile que d'avaler un verre d'eau , je me recommande à vous.

NINETTE.

Comment! voilà le bonheur que tu me demandes... être la femme d'un homme puissant... ma pauvre enfant tu ne sais pas ce que tu désires.

CLAIRE.

Ah ! q us i.

AIR : *C'est égal.*

Je sais ben, ma bonne marraine ,
Qu' vous allez me dir' là-dessus
Qu'en taff'tas on n' vaut pas plus
Qu'avec un cotillon d' laine ;
 C'est égal ,
 C'est égal,
Un' bell' rob' ne fait pas d' peine,
Un' bell' rob' ne fait pas d' mal,
C'est égal , c'est égal. (*bis*)

Je sais bien, ma bonn' marraine,
Qu' vous allez me dire encor
Qu'on peut bien se passer d'or
Quand on travaill' tout' la s'maine,
    C'est égal,
    C'est égal,
Les écus ne font pas d' peine.
Les écus ne font pas d' mal,
C'est égal, c'est égal.   (*bis*)

Enfin, je l' sais, ma marraine,
Vous m' direz qu' des paysans,
Qui s'élèv'nt en si peu d' tems,
Ont ben queuq' chos' qui les gêne.
    C'est égal,
    C'est égal,
Les honneurs ne font pas d' peine,
Les honneurs ne font pas d' mal,
C'est égal, c'est égal.   (*bis*)

NINETTE,

As-tu bien fait toutes tes réflexions?

CLAIRE.

Toutes.

NINETTE.

Eh bien! ma chère Claire, je vais combler tes vœux avec d'autant plus de plaisir que c'est moi qui t'ai inspiré le désir d'épouser Barbe-Bleue.

CLAIRE.

Tiens, pourquoi donc ça?

NINETTE.

Je ne puis te le dire; c'est un secret.

CLAIRE.

Comment! je serai madame Mimi–Cruel–Barbe-Bleue, maîtresse du château de Faufignac; mais, ma marraine, jamais je ne pourrai lui plaire avec ces vilains habits-là.

NINETTE.

Rassure-toi, je vais appeler quelques-uns des génies auxquels je commande, et ils t'aideront à faire ta toilette.

CLAIRE.

Faire ma toilette, avec quoi? je ne possédons que ce que j'avons sur nous.

NINETTE.

Sois tranquille, on y pourvoira.

*La Fée frappe la terre de sa baguette, il en sort une riche
toilette couverte de coiffures élégantes.*

CLAIRE, *saute de joie en regardant ces parures.*

AIR: *Amusez-vous, oui, je vous le conseille.* (La fête du village
voisin.)

Jamais j' n'ons vu d'aussi belle toilette ,
Ah ! ma marrain', voyez donc ces rubans,
Et ces p'tits verr's qu'ont l'air de diamans ,
  Comm' ça doit briller sur la tête ,
  C'est pour moi tout ça,
  Les bell's chos's que v'là,
    Je voudrais déjà
  Qu' ma toilette fût faite.
    A bas l' tablier;
  Qu'on vienn' m'habiller,
  Où sont donc mes gens ;
  Ah ! les négligens !
  Ah ! les négligens !
(*Elle danse.*) Tralà, tralà, là , tralà, tralà, tralà,
  Y a d' quoi perdr' la tête en pensant à cela.

NINETTE.

Es-tu contente?

CLAIRE.

Je serais bien difficile... Mais je ne vois personne pour
m'habiller... Où sont donc les génies dont vous m'avez
parlé ?

NINETTE.

Les voici !
*Elle étend sa baguette ; plusieurs petits génies, vêtus à la Louis
  XV, vieux et le dos courbé comme la Fée, sortent de la
  toilette.*

CLAIRE.

Ah ! qu'ils sont vieux, vos génies.

NINETTE.

Hélas! ma pauvre Claire, on a tant de peine à en trouver
de jeunes.... d'ailleurs ils peuvent rajeunir, et peut-être est-ce
à toi qu'ils devront ce bonheur.

CLAIRE.

A moi ! je ne demande pas mieux ; mais plus tard, je n'ai
pas le temps de m'occuper d'eux à présent.

NINETTE.

Eh bien ! choisis les ajustemens que tu veux mettre.

CLAIRE, *émerveillée.*

Je voudrions les mettre tous à la fois tant ils sont jolis.
Tenez, ça , et puis ça , et puis encore ça.

Elle désigne, et donne aux petits Génies la robe, et la coiffure
qu'elle choisit.

Ah çà! ma marraine, avec des ajustemens aussi beaux ;
est-ce que je vais rester dans c'te vilaine maison ?

NINETTE.

Ce n'est pas mon intention.

Elle étend sa baguette; le théâtre change et représente un salon
élégant.

CLAIRE, *regardant autour d'elle.*

Par exemple, v'là c' qu'on appèle faire un déménagement
d'une drôle de manière.

Des petits génies passent devant elle en lui montrant un boudoir
qui est placé au premier plan à gauche.

Même air que le précédent.

Comme ils sont muets, je n' pouvons les entendre,
Où veul'nt me m'ner ces p'tit's vieill's, ces p'tits vieux?

NINETTE

Dans un boudoir, frais et délicieux,
Ils te font signe de te rendre.

CLAIRE.

Ah ! que n' parlaient-ils,
Dieux ! qu'ils sont gentils,
Allons, mes amis,
Je n' me f'rons pas attendre.
On va m'habiller,
Comme je vas briller,
Queu'qu' Maclou dira
En m' voyant comm' ça ?
Il restera d' là,
Tralà, tralà, là, tralà, tralà, là,
Y a d' quoi perdr' la tête en pensant à cela.

Les génies passent devant elle, elle les suit en dansant; la petite
Fée Ninette entre avec elle dans le boudoir, en faisant signe
qu'elle pourra se repentir de son ambition.

SCÈNE V.

ANNE, MACLOU, deux mariés villageois, gens de la
noce.

MACLOU, *entrant le premier.*

Hai!... les autres... hai... par ici.

CHŒUR.

AIR : *En tout pays comme à Paris.*

Amis, que ce joyeux hymen,
Nous mette tous en danse,
Et l' plaisir marqu'ra la cadence
Au son du tambourin.

ANNE.

Ah ! le beau jour !
Que l' jour où l'on s' marie,
Dans ce beau jour
On est tout à l'amour.

MACLOU.

Ah ! quel chagrin
Qu'il n' dur' pas tout' la vie !
Ah ! quel chagrin
Qu'il ait un lendemain !

CHŒUR.

Amis, que ce joyeux hymen, etc.

MACLOU , *aux mariés.*

Que vous êtes heureux ! couple innocent et intéressant !

ANNE , *à Maclou.*

J'ons fait exprès de les conduire ici : puisse le tableau de leur bonheur chasser les chimères que ma pauvre sœur a dans la tête...

MACLOU.

Oui, et faire partir de son cerveau toutes les idées saugrenues et biscornues qui lui sont tombées des nues. (*Il regarde autour de lui.*) Eh ! mais où donc c' que je sommes, sœur Anne ?

ANNE , *regardant de même.*

Ah ! mon dieu ! j' nous serons trompés de maison.

MACLOU , *se frottant les yeux.*

Ah ! çà, mais... ons-je t'y la barlue...

ANNE , *de même.*

Est-ce un rêve !... c'est pas là notre pauvre cabane.

MACLOU.

C'est un appartement garni... tout d' même.

ANNE.

Si les bourgeois de la maison nous trouvaient ici, ils pourriont ben nous en faire sortir plus vîte que j'y sommes entrés.

MACLOU , *regardant à une croisée à droite.*

C'est singulier... v' là pourtant ben la place et le grand noyer où ce que je gaulions des pommes... non... où ce que je mangions des pommes, et le banc de pierre où ce que je joussions à la main chaude.

ANNE , *regardant aussi.*

C'est que v' là aussi la fontaine où je vas toujours puiser de l'eau.

Barbe bleue. 2

MACLOU.

Est-ce qu'il y aurait de la sorcellerie là-dedans par
hasard ?

ANNE.

Ma foi...

AIR : *Ma belle est la belle des belles.*

C' matin encor dans not' chaumière,
Je dormais ben tranquillement ;
Je n' comprends pas par quel mystère
Je m' vois dans un si beau log'ment.
MACLOU, *riant.*
C'est ainsi qu' tout parfumé d'ambre,
Y a plus d'un homme du grand ton
Qui s'endormit dans l'antichambre
Et s' réveilla dans le salon.

ANNE.

C'est égal , il est plus prudent de nous en aller sans souf-
fler le mot... venez, mes amis... (*Elle va pour sortir , elle
aperçoit un geai dans une cage.*) Tiens, Maclou... v' là not'
geai...

MACLOU.

C'est, ma fine, vrai... Ah ! il n'est pas du tout
changé .. quel plaisir j'ai de revoir not' geai. (*Le geai se met
à dire :*) Claire, à la maison ?

MACLOU.

Tiens... Il appelle Claire...

ANNE.

Il y a queuq' chose de surnaturel...

MACLOU , *tremblant.*

Je commençois à le croire , j'ai une peur.... allons nous-
en. (*Ils vont pour sortir , une musique douce se fait entendre.*)

ANNE.

V' là de la musique à c't' heure.

MACLOU , *montrant le boudoir.*

Ça part de là... chut !... (*tous s'approchent de la porte du
boudoir avec mystère.*)

CHŒUR *des petits génies qui sont dans le boudoir.*

AIR : *Aimable jeunesse.*

Aimable jeunesse,
Du bonheur goûtez l'ivresse,
Livrez-vous à l'allégresse,
Le ort comble vos désirs ,

Et jeune et jolie,
Tout va vous porter envie
Vous passerez votre vie
Au sein des plaisirs.

CLAIRE *dans le boudoir.*

Ah ! que je suis belle !
Allons, redoublez de zèle,
Attachez-moi c'te dentelle
Et ces diamans.

MACLOU, *à Anne.*

C'est la voix de Claire,
Or, la chose est claire,
C'est qu'elle est là d'dans.

Reprise du Chœur.

Aimable jeunesse, etc.

MACLOU.

C'est elle, jarni !'... j'entre, tant pis ! (*Ils vont tous pour entrer dans le boudoir, Claire en sort en grande toilette, elle arrive en marchant gravement, les autre sreculent devant elle en chantant le chœur suivant.*

CHŒUR.

AIR : *Ah ! c' cadet là quel pif il a.*

Ah ! la voilà,
Quell' mise elle a,
Ah ! voyez donc c' te mise ;
En se r'gardant du haut en bas,
Elle ne r'vient pas
D' sa surprise.

ANNE.

Que d'agrémens,
De rubans,
D' diamans,
De brillans,
On n' lui voit plus la tête.

MACLOU.

Qu'est c' qui dirait ;
Qui croirait
Qu'elle avait,
Qu'ell' portait
Ce matin la cornette ?

ANNE.

Dieu ! m' pardonne ! je vois, jarni,
Du blanc sur sa figure.

MACLOU.

Elle a tout d' même du rouge aussi,
On dirait d'un' peinture.

Reprise du Chœur.

Ah ! la voilà, etc.

CLAIRE.

Eh bien ! qu'est-ce qu'ils ont donc... est-ce que ça ne
me va pas bien ?...

MACLOU,

Fi... que c'est vilain, mamselle Claire !

CLAIRE.

Vilain ! vous vous y connaissez !...

MACLOU.

Fi, que c'est laid de donner comme ça dans le lusque,
quand vous aviez un amoureux qui pouvait faire votre bonheur, et vous tenir proprement !..

CLAIRE.

Ah! ben, tant pis, là ! je veux un mari qui me rende
riche.

MACLOU.

Riche ! oui, vous en serez bien plus heureuse !... tenez,
voyez ces jeunes époux, ils n'ont pas le sou, ils n'ont que ça,
mais il ne se quitteraient pas pour tout l'or du monde...
n'est-ce pas...

LE MARIÉ.

Ah ! non !...

MACLOU.

Vous l'entendez, ah ! non !... c'est lui qui parle.

ANNE , *tristement.*

Comment, Claire... tu nous quittes !

MACLOU.

Vous abandonnez un amant sensible et délicat, parce
qu'il n'est qu'un pauvre tisserand... quand notre mariage ne
tenait plus qu'à un fil.

CLAIRE , *embarrassée.*

Dame ! je sommes fâchée de vous quitter... mais je vous
ferons du bien à tous, quand je serons madame Barbe-
Bleue.

MACLOU.

Quoi, c'est là Barbe-Bleue qu'elle épouse ! pauvre
Maclou! te v' là razé !

ANNE.

Ma sœur... je ne sais... mais j'ai de vilains pressentimens...

CLAIRE , *avec sensibilité.*

Je me trouve pourtant bien comme ça, mais si ça vous
fait trop de peine, je sommes assez bonne pour préférer
votre bonheur à la richesse.

MACLOU , *avec sensibilité.*

Elle a encore des sentimens... profitons-en tout de suite et filons.

ANNE.

Claire... ma bonne sœur.

AIR : *Dans ma Chaumière.*

Dans not' chaumière,   (*bis*)
Viens passer des jours sans regrets ,
Va, le grand monde et sa chimère,
Ne remplac'ront jamais la paix
De not' chaumière   (*bis.*)

CLAIRE *tombe dans une douce rêverie.*
Je ne sais... mais... on dirait que j'ons envie de pleurer.
MACLOU.
Elle s'attendrit... j' vas lui donner la coup de grace...

Même air.

Dans not' chaumière,   (*bis.*)
Vivant sans lusque et sans éclat,
Pour moi, tu fileras, ma Claire,
L' parfait amour et du fil plat
Dans not' chaumière   (*bis.*)

CLAIRE:

Allons... puisque vous le voulez, partons. (*Elles vont pour partir.*)

SCENE VI.

Les mêmes, LA FEE , LES PETITS GENIES.

NINETTE.

Un moment...(*Tous les spectateurs restent stupéfaits.*) Mes amis, rendez à Claire ses habits villageois, elle ne peut rester au village sous ses brillans atours. (*Les petits génies présentent à Claire ses habits grossiers.*)

CLAIRE , *les regardant avec douleur.*
Quoi ! ces habits... il faut ?...

NINETTE.

Que tu les reprennes ou que tu persévères dans le dessein que tu as conçu de devenir la femme du seigneur Mimi Cruel.

MACLOU.

Quel nom elle aura là, Madame Mimi Cruel, quand elle pouvait en porter un si beau M'ame Maclou!

NINETTE.

Décide-toi sur-le-champ ; car je n'ai plus qu'une minute à te donner ; une affaire importante m'appelle à l'autre bout du monde et une fois partie, il ne sera plus temps de me rappeler.

NINETTE.

C'est fini, ma maraine, je n'ai pas la force de renoncer à mes espérances ; je veux suivre ma destinée Mais enlevez-moi d'ici tout de suite, je vous en prie ; la vue de leur chagrin me fait trop de mal.

NINETTE.

Sois satisfaite. (*Elle étend sa baguette, on entend un grand bruit.*)

SCENE VII.

Les Mêmes. *Plusieurs gens armés pénètrent dans la maison et s'apprête à enlever Claire.*

CLAIRE, *effrayée se sauvant du côté de Maclou et de sa sœur.*

Ma maraine... qu'est-ce que vous faites donc ?

NINETE.

Je remplis tes désirs.

CLAIRE.

Mais ces vilains hommes.... au secours ! au secours ! (*Les gens de Barbe bleue la prennent dans leurs bras et l'entraînent.*)

ANNE, *pleurant*

Ma sœur !

MACLOU.

Claire, je vais te défendre. Lâches... lâches... lâchez-la...

Il veut s'élancer sur les ravisseurs et recule effrayé, à la vue de leurs sabres ; il va se tapir sous la cage du geai ; la cage s'agrandit et l'emprisonne. La Fée traverse les airs sur une Gloire ; les petits Génies disparaissent, et les Villageois restent stupéfaits.

FIN DU PROLOGUE.

BARBE BLEUE.

PERSONNAGES   Acteurs.

MIMI-CRUEL dit BARBE-BLEUE,
Châtelain de Faufignac, personnage
ridicule...................... M. Parent.

CLAIRE. }
ANNE. } Paysannes des environs. { Mme. Adolphe. / Mlle. Dumouchel.

MACLOU, tisserand, amant de Claire. M. Duménil.

LA FÉE NINETTE, marraine de
Claire .... Mlle. Muneret.

LE GÉNIE ROSE .... Le petit Millot.

GRIMEDAN, intendant de Barbe-
Bleue .... M. Mercier.

ISAURE DE VALBON, femme de
Barbe-Bleue .... Mme. Philibert.

Les Génies.

Petites Nymphes.

Officiers, Laquais, Ecuyers, Pages et Gardes de Barbe-Bleue.

Vassaux et Vassales.

Paysans et Paysannes.

BARBE BLEUE.

ACTE PREMIER.

Le théâtre représente une petite salle gothique.

SCENE PREMÉRE.

CLAIRE, GRIMEDAN, Valets.

Les valets apportent Claire et la déposent sur le devant de la scène.

GRIMEDAN, *à Claire.*

C'est ici que vous devez attendre.

CLAIRE.

Où m'avez-vous donc apportée ?

GRIMEDAN.

Dans une salle du château de Fanfignac.

CLAIRE.

Et qu'est-ce qu'il faut que j'attendions ici ?

GRIMEDAN.

Mon doux maître, le très-bon, très-gracieux, très-magnifique Mimi Cruel, dit Barbe-Bleue.

CLAIRE.

Il fallait me dire ça d'abord, je serais venue tout bonnement avec vous, et vous n'auriez pas eu la peine de me porter sur vos épaules.

GRIMEDAN.

J'ai suivi ponctuellement les ordres de mon très-doux et très-gracieux seigneur.

CLAIRE.

Eh bien ! votre très-doux et très-gracieux seigneur n'a pas des manières trop aimables.

GRIMEDAN.

C'est la faute de sa barbe.

CLAIRE.

Et qu'est-ce qu'il veut faire de moi ?

GRIMEDAN.

Il veut mettre à vos pieds tous ses trésors.

CLAIRE.

A mes pieds !

GRIMEDAN.

C'est une figure...

CLAIRE.

Les pieds, c'est une figure ?

GRIMEDAN.

Je veux dire qu'il a l'intention de vous offrir sa main, son cœur, ses richesses, enfin que vous deviendrez sa femme.

CLAIRE.

C'est bien de l'honneur pour moi. (*à part.*) Ma marraine ne m'a pas trompée.

GRIMEDAN.

Et que vous serez très-heureuse avec lui, tant que vous ferez tout ce qu'il voudra.

CLAIRE.

Ah ! il faut...

GRIMEDAN.

Filer doux, je vous en préviens ; c'est un monsieur qui n'aime pas à être contrarié.

CLAIRE.

Et il prend une femme, c'est drôle...

GRIMEDAN.

Le mariage lui est ordonné.

CLAIRE.

Du moment que c'est par ordonnance... (*on entend le son d'une grosse cloche.*) Qu'est-ce que j'entends là ?

GRIMEDAN.

C'est la sonnette de monseigneur.

CLAIRE.

Bah !

Air : *La Cloche du monastère.*

J'somm's toujours ben ais' d'apprendre
Qu'il sonne son mond' comm' ça,
Il est sûr de s' faire entendre
Tout's les fois qu'il appell'ra,
C' n'est pas là l' bruit d'un' sonnette,

Ah ! jarni , ça m' cass' la tête ,
  Dindon , dindon,   (*bis.*)
Entendez-vous le bourdon ,
  Dindon , dindon,   (*bis.*)

(*Elle le pousse.*)

GRIMEDAN.

J'entends bien.

CLAIRE.

C'est donc qu'il demande ses domestiques ?

GRIMEDAN.

Au contraire , il les renvoie.

CLAIRE.

Ah !...

GRIMEDAN.

Quand mon gracieux maître sort de son appartement ,
il ne veut pas qu'aucun de ses serviteurs se trouve sur son
passage , et le son de cette cloche les avertit qu'ils doivent
se retirer.

CLAIRE.

Ainsi, vous vous en allez ?

GRIMEDAN,

Il le faut bien , notre bon seigneur punit de mort qui-
conque ose lui désobéir.

CLAIRE.

Laissez-moi sortir avec vous ?

GRIMEDAN,

Vous ne le pouvez pas , cela fâcherait monseigneur , et
les éclats de sa voix sont si terribles , quand il est en colère ,
qu'ils feraient écrouler les voûtes.

CLAIRE.

Ah ! la, la, la.

GRIMÉDAN.

AIR : *Du carillon de Dunkerque.*

Je l'entends qui s'avance,
Evitons sa présence ,
S'il nous trouvait, amis,
Il jetterait de beaux cris.

BARBE BLEUE *en dehors, d'une voix terrible.*
Valets, selon l'usage,
Fuyez de mon passage.

CLAIRE.

Dieu ! qu'elle voix il a.

GRIMEDAN.

Ce n'est rien que cela.

CHOEUR.

Je l'entends qui s'avance, etc.

On entend un bruit effroyable, Grimedan et les valets s'en-
fuient, et Barbe-Bleue paraît dans le fond.

SCENE II.

CLAIRE , BARBE-BLEUE.

BARBE-BLEUE.

Ah ! la voilà !

CLAIRE *se met à genoux , en cachant sa tête dans ses deux*
mains.

Oh ! mon dieu !...

BARBE-BLEUE.

Relève-toi, jeune fille , je te le permets.

CLAIRE , *tremblante.*

Je n'en ai pas la force.

BARBE-BLEUE.

Relève-toi, te dis-je ; je n'aime pas à répéter deux fois
la même chose.

CLAIRE , *se relevant sans le regarder.*

J'obéis , monseigneur...

BARBE-BLEUE , *la lorgnant.*

On ne m'avait pas trompé... tu es charmante.

CLAIRE.

Vous êtes trop honnête. (*à part.*) Je n'ose pas le regarder.

BARBE-BLEUE.

On t'a sans doute fait bien des contes sur mon compte !

CLAIRÉ.

Monseigneur !

BARBE-BLEUE.

Parle, je veux tout savoir ; entends-tu ?

CLAIRE.

Oui, monseigneur.

Air : *Ah ! vous avez des droits superbes.*

On m'a dit qu' vous étiez avare,
On m'a dit qu' vous étiez méchant,
On m'a dit qu' vous étiez barbare,
On m'a dit qu' vous étiez tyran,
On m'a dit qu' vous moquant des dames
Le divorc' ne vous fait pas peur,
Et qu' vous épouseriez trent' femmes,
Est-c' la vérité, mon seigneur ?

BARBE-BLEUE.

Il chante.)   Oui, ma petit', j'épous'rais trent' femmes.

(Il parle.) J'en ai déjà épousé sept , j'en épouserai encore bien d'autres si c'est ma volonté; j'en épouserais deux cents , trois cents, qu'on ne pourrait rien me dire, parce que je suis le maître, et qu'il faut qu'on m'obéisse. *(il chante.)*

Ah ! le joli droit *(bis)* du seigneur !

CLAIRE , *le regardant du coin de l'œil.*

Il est encore plus vilain que dans mon rêve !

BARBE-BLEUE.

Il ne faut pas que cela t'effraie , si je n'ai pas gardé mes premières femmes, c'est qu'elles ne me convenaient pas... tu auras peut-être plus de bonheur.

CLAIRE , *à part.*

Ce bonheur-là ne me tente déjà plus guères.

BARBE-BLEUE.

Je ne suis pas beau , mais je le sais ; je ne serais pas plus laid qu'un autre , sans cette maudite barbe dont un mauvais génie m'a gratifié. C'est à elle que je dois tous mes défauts , et je vaudrais dix fois plus , si j'en avais vingt fois moins.

Air : *Cet heureux art de la coquetterie.*

Lève les yeux, regarde moi, ma chère,
Viens de ma barbe admirer la couleur.
Je suis bien laid, mais du moins je l'espère ,
Je ne suis pas encore à faire peur.

J'ai le ton brusque et la voix un peu rude ,
Chacun ici me redoute et me fuit ;
Crier, gronder, voilà mon habitude,
Et je suis gai comme un bonnet de nuit.

Je suis taquin, maussade, volontaire,
Je suis jaloux, soupçonneux, exigeant,
Capricieux, vif, emporté, colère,
Mais à ça près, je suis un bon enfant.

Je n'entends pas qu'une femme me mène,
A mes desirs rien ne doit résister,
Le mariage est, dit-on, une chaîne,
Mais songes y je n'en veux pas porter.

Je ne veux pas d'une femme indiscrette,
Je ne veux pas qu'on me fasse la loi,
Je ne veux pas d'une femme coquette,
Enfin, je veux une femme pour moi.

CLAIRE.

Ah ! monseigneur ! d'effroi j' reste muette,
N' m'épousez pas, j'ose vous en prier,
Car s'il vous faut une femme parfaite,
Autant vaudrait ne pas vous marier.

BARBE-BLEUE.

Sois tranquille, tu seras très-heureuse avec moi ; tu auras
un époux aimable et complaisant, des valets soumis à tes
moindres volontés, des parures de toutes les formes et de
toutes les couleurs, et des enfans charmans, vivante image
de leur père...

CLAIRE, *à part.*

Ils seront jolis !

BARBE-BLEUE.

Qui te presseront dans leurs bras caressans ! hein !.. quel
tableau ! Tu trouves peut-être que j'ai l'abord dur ?.. mais
rassure-toi, je suis fort galant, sans que ça paraisse ; oui,
ma petite, je suis très-doux, très-bon, foi de Mimi Cruel !
et puis je possède des trésors immenses, des terres superbes,
des châteaux magnifiques et de nombreux vassaux.

CLAIRE.

C'est vrai que ça répare bien des petits défauts.

BARBE-BLEUE.

Tu verras tout ça, et tu m'en diras des nouvelles ; tiens,
voici mes clefs que je te confie.

CLAIRE, *confuse.*

Quoi, monseigneur !.. vous me donnez...

BARBE-BLEUE.

Dispose de tout... aimes-tu l'argent, l'or, les perles,
les diamans, les topases, les rubis, les émeraudes ? ne t'en
fais pas faute... je n'exige de toi qu'une chose...

CLAIRE.

Oh ! vous pouvez être ben sûr...

BARBE-BLEUE.

Vois-tu cette petite clef d'or ?...

CLAIRE.

Dieu ! comme elle brille !

BARBE-BLEUE.

Tu trouves qu'elle brille ?..eh bien ! tâche de me la rendre dans le même état.

CLAIRE.

Pardi, j'ons pas envie de l'abîmer.

BARBE-BLEUE.

Elle ouvre la porte d'une galerie voutée, qui donne sur un parc. Je te défends d'y pénétrer.

ANNE.

Ça suffit, Monseigneur, j' n'irons pas.

BARBE-BLEUE.

Songe que si tu avais l'audace de me désobéir, il n'y aurait pas de pouvoir assez grand pour te soustraire à ma vengeance !

CLAIRE.

Après une invitation pareille, vous pouvez être tranquille.

BARBE-BLEUE.

Prends aussi cet anneau.

CLAIRE.

Mon Dieu ! est-ce que c'est déjà pour nos fiançailles ?

BARBE-BLEUE.

Non, je veux te laisser le temps de connaître le sort qui t'est réservé ; et, afin que tu t'habitues plus promptement à ma présence, je vais faire un voyage de quelques millions de lieues pour mes affaires particulières.

CLAIRE.

Ah ! Monseigneur, que vous êtes bon !

BARBE-BLEUE.

De m'en aller ?

CLAIRE.

Je ne dis pas ça.

BARBE-BLEUE.

A la bonne heure. Cet anneau est un talisman ; tu n'as qu'à le frotter légèrement, et tes moindres desirs seront accomplis.

CLAIRE.

Comment est-il possible que c'te p'tite bague de rien du
tout, ait tant d' pouvoir?

BARBE-BLEUE.

Tu vas en juger. Je n'aime point à voir la figure de mes
valets, et voici comment je me fais servir à déjeûner.
(*Il frotte l'anneau; une table richement servie roule sur la scène.*)

CLAIRE.

Ah! Monseigneur!...

BARBE-BLEUE.

Ne tremble pas. Veux-tu boire une coupe de vin de
Chypre ou une amphore de vin grec?

CLAIRE.

Je n'ai pas soif.

BARBE-BLEUE.

Veux-tu manger un ananas?

CLAIRE.

J'ai pas faim.

BARBE-BLEUE, *se verse une coupe pleine de vin.*

En ce cas, je boirai seul.

Air : Mon galoubet.

A ta santé,   (bis)
De ces lieux il faut que je sorte,
Songe à faire ma volonté,
A la prudence je t'exhorte,
Ou d'un seul mot tu serais morte!...
A ta santé,   (bis.)

CLAIRE, *faisant la révérence.*

Merci, Seigneur.

BARBE-BLEUE.

Il n'y a pas de quoi.
(*Il frotte son anneau. La bouteille s'envole dès qu'elle est vide.*)

CLAIRE, *la suivant des yeux.*

Ah! il paraît que chez vous la cave est au grenier.

BARBE-BLEUE.

Tu en verras bien d'autres. Allons, je vais partir; viens
m'embrasser.

CLAIRE.

Oh! Monseigneur...

BARBE-BLEUE.

Approche-toi, sans crainte, puisque je te le permets.

CLAIRE.

Monseigneur est bien bon , mais c'est que....

BARBE-BLEUE.

Quoi ! c'est que....

CLAIRE.

Dame ! moi, je...

BARBE-BLEUE.

Eh bien ! toi, tu.... Je n'entends rien à toutes ces grimaces-là ; viens m'embrasser, et que ça finisse ; je suis pressé.

CLAIRE.

Me v'là , Monseigneur...... (*Elle approche lentement.*
(*Barbe-Bleue lui donne un baiser sur le front.*)

BARBE-BLEUE.

Elle est charmante ! j'en suis tout ému .. la jolie chose qu'une femme, quand elle est jolie !

AIR : *Ah ! que l'Amour, etc.*

Ah ! que l'Amour est agréable ,
Il est de toutes les saisons,
Il instruit les jeunes garçons ,
Il plaît à l'homme raisonnable ,
Il trouble le cœur des tendrons
Et rajeunit tous les barbons.

(*Il touche la table qui se change en char traîné par deux dragons ; il y monte et disparaît. L'orchestre joue l'air :* Bon voyage , cher Dumollet.)

SCENE III.

CLAIRE , *seule.*

Enfin , le v'là parti ; eh ! mais, mon Dieu, est-ce que je dors ? est-ce que je rêve ou ben si tout ça c'est la vérité ? Je voulais me marier ; crac, voilà tout de suite un mari qui me tombe des nues.... Il n'est pas beau, ça c'est vrai ; mais, dame !... on ne peut pas tout avoir ; je voulais devenir riche , et me voilà maîtresse d'un beau château !.. Ah ! si ma bonne sœur était là.... Tiens , et qui m'empêche de l'y faire venir ? (*Imitant la voix de Barbe-Bleue.*) « Tu n'as qu'à « frotter légèrement cet anneau, et tes moindres desirs « seront accomplis ; ma foi, faut voir ça.

Barbe bleue.   3

Air : *Vaud. de l'Ours et le Pacha.*

L' seigneur de ce joli château,
Quand il veut renvoyer son monde,
N'a besoin que d' ce p'tit anneau,
Tâchons qu'à nos vœux il réponde.
En m' rendant ma sœur, il pourrait
Me causer un plaisir extrême,
V'là l'instant d' l'essayer moi-même.
S'il éloigne ce qui déplait,
Il peut rapprocher ce qu'on aime.

(*Elle prononce le nom d'Anne en frottant l'anneau. Soudain le plancher s'ouvre. Anne paraît assise comme elle était dans la cabane, et filant au rouet.*)

SCENE IV.

CLAIRE, ANNE.

CLAIRE.

La v'là, ma foi.

ANNE, *étonnée, et se frottant les yeux.*

Hé bien ! qu'est-ce qu'on m'a donc fait ? ousque je suis donc ?

CLAIRE.

Auprès de moi.... Est-ce que tu ne me reconnais pas ?

ANNE.

C'est toi, ma sœur ! et comment se fait-il ?....

CLAIRE.

Tu ne sais donc pas où tu es ?

ANNE.

Ma foi... non.

CLAIRE, *gaîment.*

Tu es dans le château du seigneur Mimi-Cruel.

ANNE, *effrayée.*

La Barbe-Bleue ?

CLAIRE, *gaîment.*

Oui, c'est moi qu'est la bourgeoise de la maison. Il vient de partir pour un voyage ; il doit m'épouser à son retour. Eh bien ! est-ce que tu n'es pas contente de me voir devenir une grande dame ?...

ANNE.

Ma pauvre sœur.... j'ai peur que tu ne sois pas heureuse avec ce vilain seigneur.

CLAIRE.

Tiens, la preuve de sa bonté et de sa confiance, c'est qu'il m'a remis les clés de cheux lui. Veux-tu que nous allions partout, du grenier à la cave ?

ANNE.

Laisse donc, j'oserais pas me montrer devant les seigneurs d'ici, sous ces vilains habits.

CLAIRE.

N'est-ce que cela qui t'arrête ; attends, attends, ça ne sera pas long. (*Elle touche sa sœur Anne ; au même instant ses habits villageois tombent, et sont remplacés par un costume très-élégant.*)

ANNE; *jette un cri.*

Ah ! c'est des bêtises.

CLAIRE.

Mais non... c'est des beaux habits.

ANNE, *tremblante.*

Claire, ne m'approche pas, t'es sorcière.

CLAIRE.

Est - elle bête !... C'est un talisman que le seigneur Barbe-Bleue m'a donné.

ANNE, *se remettant.*

Vrai ; c'est un joli présent qu'il t'a fait là.

CLAIRE.

Je crois bien.

> Air : *Vaud. des Maris ont tort.*
>
> Ne va pas croir' que je divague,
> C'est un talisman précieux,
> Et rien qu'en frottant cette bague,
> Je puis faire ce que je veux.
> A son pouvoir il faut qu' tout cède,
> Si j'voulais avec c't' anneau là,
> Sur l' champ j' te rendrais vieille et laide.

ANNE, *se reculant.*

N' faut pas plaisanter avec çà.

CLAIRE.

Veux-tu que j' te rend' vieille et laide.

ANNE.

N' va pas plaisanter avec çà.

ANNE.

Oh ! ma sœur, dis donc, v'là un monsieur.

SCENE V.

Les Mêmes, GRIMEDAN.

GRIMEDAN.

Illustre Dame !

CLAIRE.

Plaît-il ?

GRIMEDAN.

Illustre Dame !

ANNE.

A qui qui parle ?

CLAIRE.

Pardi, à moi....

GRIMEDAN.

Je viens prendre vos ordres, et vous demander ce que vous desirez qu'on vous serve à dîner.

CLAIRE.

Qu'est-ce que tu veux, ma sœur ?

ANNE.

Mon Dieu ! est-ce qu'il y aura, la moindre chose; de la soupe aux choux, et du fromage à la crême.

CLAIRE.

Tais-toi donc... ça n'est pas assez distingué pour des personnes comme nous.... Vous me servirez du canard aux navets, des poires cuites et de la marmelade d'abricots. Allez....

GRIMEDAN.

Vos ordres seront ponctuellement suivis ; mon doux maître m'a bien recommandé de faire toutes vos volontés.

CLAIRE.

Quand je te dis qu'il n'est pas méchant, le seigneur Mimi-Cruel !

GRIMEDAU.

Chargé de veiller aussi à votre sûreté, je vous préviens, Madame, qu'en vertu des ordres de mon doux maître, je viens de faire rosser, d'importance, un malotru de paysan, qui avait eu l'insolence de s'introduire dans votre château.

CLAIRE.

Entends-tu, mon château ; comme ça ronfle !

ANNE.

Ah ! mon Dieu ! ce malotru ! si c'était Maclou ?

CLAIRE.

Ah! faut espérer que non. Mon intendant, je vas visiter mon château, mes jardins, mes galeries, mes vassaux, mes troupeaux, mes trésors, mes bestiaux. Faites préparer tous mes domestiques ; je veux une fête brillante.

GRIMEDAU.

Madame, je vais tout ordonner, et dans huit jours...

CLAIRE.

Huit jours !

GRIMEDAU.

Il faut au moins le temps de....

CLAIRE.

Je la veux tout de suite

GRIMEDAU.

Je ferai observer à ma digne maîtresse....

CLAIRE.

Je vous dis que je la veux tout de suite, et que je l'aurai.

(*Elle touche sa bague ; le théâtre change, et représente un salon élégant, dont le fond ouvert laisse voir des jardins magnifiques.*)

SCÈNE VII.

Les Précédens LES VASSAUX.

ANNE.

Ah ! c'est-t'y beau !... c'est-t'y beau !

CHŒUR *de Vassaux qui offrent des bouquets à Claire.*

Air : *Marche du calife de Bagdad.*

Selon l'antique usage,
Dans un jour aussi beau,
Nous offrons notre hommage
Aux dames du château.

ANNE, *prenant les bouquets des dames et leur fesant la révérance.*

Mes dam's, je vous en prie,
Ne fait's pas attention.

CLAIRE, *aux hommes, de même.*

Point de cérémonie,
Messieurs, couvrez-vous donc.

Reprise du chœur.

Selon l'antique usage, etc.

(38)

*Claire et Anne s'asseyent, la fête commence, les Seigneurs et
les Dames dansent un pas grave, ce qui paraît ennuyer Claire.*

ANNE, *à sa sœur pendant que la musique continue doucement.*

Dis donc, Claire, est-ce que ça t'amuse, ces belles danses?

CLAIRE.

Ma foi, pas beaucoup, j'aime bien mieux celles de not' village.

ANNE.

Et moi donc! ah! si tu n'avais pas pensé à venir dans ce
château, nous serions à la noce de Guillaume, nous danse-
rions avec eux, et nous aurions ben plus de plaisir qu'à
regarder cabrioler ces messieurs.

CLAIRE, *se levant tout à coup.*

Et qui nous empêche d'avoir ces deux plaisirs-là tout à la
fois.

ANNE.

Comment?

CLAIRE.

Tu vas voir.

*Elle frotte l'anneau, le fond du Théâtre s'ouvre et laisse voir à
travers une gaze, une colline riante près d'un village, toute
la noce de Guillaume y est rassemblée et danse (ce sont des
enfants) pendant ce tems, les vassaux du Seigneur Barbe-
Bleue, exécutent sur le devant du Théâtre des danses graves.
(Claire paraît enchantée.)*

CLAIRE.

Oh! c'est fini, la danse du village est ben plus jolie!...

ANNE.

Oui, mais les v'là qui vont s'en aller, eux, et nous n'avons
pas dansé, nous...

CLAIRE.

Oh! qu'ils n's'en iront pas comme ça!... je veux au
moins danser une ronde, et tout de suite encore; en avant,
ma petite bague.

*Elle touche sa bague, le tableau du fond disparaît et la noce vil-
lageoise arrive sur la scène.*

SCÈNE VIII.

Les Mêmes, MACLOU , le Marié, la Mariée, toute la noce.
(Maclou déguisé en vieux joueur de vielle.)

CHOEUR.

Amis, que ce joyeux hymen ,
Nous mette tous en danse ,
Et l' plaisir marqu'ra la cadence
Au son du tambourin.

Les villageois dansent.

ANNE.

Ah! parlez moi d'ça, à la bonne heure.

CLAIRE.

Allons.. mes amis , faut chanter une ronde , en place.

MACLOU , *déguisant sa voix.*

Si vous voulez, j'vais vous la chanter.

TOUS.

Oui... oui, en place.

MACLOU.

Air : *Vaud. des Vendanges de champagne.*

Autrefois, mon grand père ,
Qu'était un homm' d'esprit ,
Disait à mon grand frère ,
Quand il était petit ,
  Faut endurer
  Et préférer
  A la richesse ,
Qui cause la tristesse ,
  La pauvreré
Qui donne la gaîté.   *(On danse.)*

Il disait aux jeun's filles :
Fuyez les biaux atours ,
Avec tous ces biaux drilles
Vous n'rirez pas toujours ;
  Faut endurer
  Et préférer
  A la richesse
Qui cause la tristesse ,
  La pauvreté ,
Qui donne la gaîté.

Un' fois y en avait une. . .

CLAIRE , *avec hum*

Assez... assez... elle n'est pas joli

MACLOU , *à part.*

Elle est vexée... tant mieux !...

CLAIRE , *aux paysans.*

Mes bons amis, vous devez avoir besoin de repos et de rafraîchissemens... je vas vous faire servir. (*Elle frotte sa bague, aussitôt une grande table de toute la largeur du théâtre sort de terre, elle est couverte de pâtés, de jambons, de saucissons; tous les paysans se mettent à boire et à manger.*)

CLAIRE , *à Maclou qu'elle ne reconnaît pas.*

Et vous , mon bon vieux... vous n'allez pas avec cette jeunesse ?

MACLOU , *contrefaisant sa voix.*

Ah ! ma belle dame ! c'est que j'ai ben du chagrin , mais c'est égal, si vous voulez me faire donner un petit morceau, je crois que je le mangerai bien tout de même sur le pouce.
(*Il reçoit sa part qu'un paysan lui apporte.*)

CLAIRE.

Pardi , si je le veux! vous n'êtes donc pas de ce pays ?

MACLOU.

Pourquoi ?

CLAIRE.

C'est que je crois pas vous avoir jamais vu ?

MACLOU , *à part.*

Elle ne me reconnaît pas la , perfide. (*Haut.*) C'est possible qu'oui , comme c'est possible que non.

CLAIRE.

Venez vous de loin ?

MACLOU.

Ah ! oui , j'en reviens de loin !

CLAIRE.

Vous paraissez bien triste ?

MACLOU.

J'ai de quoi.

CLAIRE.

Qu'est-ce que vous avez?

MACLOU.

J'ai rien.

CLAIRE.

Mais encore ?

MACLOU.

Je suis un infortuné malheureux par excès de sentiment.

CLAIRE.

Je vous plains.

MACLOU.

Vous êtes bien bonne.

CLAIRE.

Voulez-vous de l'argent?

MACLOU.

Ça n'y ferait rien.

CLAIRE.

De l'or.

MACLOU.

J'aime pas ça.

CLAIRE.

Ne vous gênez pas, j'en ai beaucoup.

MACLOU.

C'est ben ce qui me fâche.

CLAIRE.

Comment, vous êtes fâché?

MACLOU.

Oui, parce que l'or, ça change les cœurs, ça étouffe les bons sentimens, c'est pour avoir de l'or qu'on abandonne ses amis, qu'on n'aime plus ceux qu'on avait promis d'aimer toujours.

CLAIRE.

Quel langage!...

MACLOU, *pleurant comiquement.*

C'est pour de l'or qu'on quitte son village, qu'on fait de la peine aux gens qui ne nous ont jamais fait que du bien, c'est pour de l'or enfin qu'on renonce à devenir la femme d'un bon et beau garçon, pour épouser un méchant singe à barbe bleue.

CLAIRE.

Il n'est pas possible, c'est toi, Maclou?

MACLOU.

Eh ben! oui, là, c'est moi, j'ons voulu te revoir encore une fois, malgré ta perfidie ; j'ai voulu te dire que j' t'en voulais à la mort, et que je t'aimerai toute ma vie.

CLAIRE.

Comment as-tu osé venir ici?

MACLOU.

J'oserai ben autre chose, si tu veux me r'aimer encore une petite miette. Tiens, me v' là à tes genoux.

Il se met à genoux prend la main de Claire, aussitôt on voit une main armée d'un bâton sortir de terre

Air : *Dans la cavalerie.*

Ma bonne, je t'en prie,
Laiss' moi baiser ta main,
Si tu n' veux pas, ma mie,
Que j' meure de chagrin.

CLAIRE, *lui tendant la main.*
Tu veux ma main, la v'là.

MACLOU, *qui se sent frapper sur le dos.*
Ha !

CLAIRE.
Quoi, tu ne dis pas merci !

MACLOU, *idem.*
Hi.

CLAIRE.
Quoi qu' t'as donc à crier ?

MACLOU, *idem.*
Hé!

CLAIRE.
N' fais donc pas le nigaud. . .

MACLOU, *idem.*
Ho ! . .

CLAIRE.
Mon dieu ! qu'est-ce que c'est que ça ?

MACLOU, *toujours à genoux.*
Ne t'inquiète pas, je sais ce que c'est, j'en ai reçu bien
d'autres avant d'arriver jusqu'ici... mais je t'en conjure,
ma bonne petite Claire... (*un coup de bâton*) haie !..

CLAIRE.
Mais on te bat !..

MACLOU.
N'aie pas peur, ça n'y fait rien, dis-moi que tu m'aimes
toujours. (*un coup de bâton.*)

CLAIRE.
Tais-toi donc, ça redouble.

MACLOU.
Ça ne te regarde pas. Dis-moi que tu ne seras jamais la
femme de ce vilain ours de Barbe-Bleue. (*plusieurs coups
de bâton.*) ah ! ah! c'est trop fort !

CLAIRE.
Relève-toi donc, imbécille, tu vas te faire assomer.

MACLOU, *se relevant.*
Ça m'est égal, je risque tout.... et quand on devrait
m'hacher.

GRIMEDAN, *dans la coulisse.*
Où est il, le misérable, qui a osé s'introduire ici ?

CLAIRE.

Chut ! il parle de toi.

GRIMEDAN.

N'épargnez rien pour le saisir, et qu'il meure sous vos
coups.

MACLOU, *tremblant.*

Un moment, ça commence à devenir trop serieux. Bon
soir, Claire, nous nous reverrons plus tard.

Il s'esquive.

SCENE IX.

CLAIRE, ANNE, GRIMEDAN, Villageois, Soldats,
Vassaux.

GRIMEDAN, *furieux.*

Le misérable ! oser entrer dans le château de mon doux
maître.

CLAIRE, *à part.*

Pourvu qu'il ait eu le temps de s'éloigner.

GRIMEDAN.

Mesdames, vous avez demandé ce matin à visiter les trésors du seigneur Barbe-Bleue, on va vous conduire partout. Soldats, pendant que je vais accompagner ces dames,
ayez soin de chercher ce paysan ; et vous, jeunes villageois
et villageoises, faites-moi le plaisir de vous en aller chacun
chez vous... en avant, marche ! Si ça ne vous dérange pas.

*Tout le monde s'éloigne; le théâtre change et représente un taillis
très-épais et très-sombre, du parc de Barbe-Bleue. A droite,
l'entrée d'une galerie souterraine, dont l'aspect est triste
et sévère.*

SCENE X.

MACLOU, *seul; il arrive en courant.*

Ouf ! je respire !.. Jarni... les enragés ! m'ont-ils donné
fil à retordre, pour me débarrasser de leurs griffes...
a b'en raison de dire, que l'amour et les sentimens c'est
s bêtises ; car enfin, qu'est-ce que ça m'a rapporté, jus-
'à présent ? des coups, des rebuffades et des torgnoles ; et
it ça, pour une fille qui n'.. se soucie guères de moi ! Al-

lons, allons, je crois que je ferons bien de retourner à 1
métier, de me remettre à ma navette... en avant, la 1
écrue, et bon soir pour l'amour, j'en ai plein le dos. (
frotte le dos.) *Grimedan, suivi de plusieurs écuyers et sold*
arrive, aperçoit Maclou et s'approche doucement. (Mac
parlant sur le devant de la scène, sans les apercevoir.) Cej
dant, Maclou, t'as peut-être tort, mon garçon ; réflé
bien, mon cher ami, le plus fort est fait, à présent ; po
quoi donc renoncerais-tu comme ça, tout de suite, à l'es
d'épouser celle que t'aimes ?.. allons, Maclou, remont
peu sur ta bête, mon ami, ne te laisse pas abattre pi
malheur. Claire est ben jolie, ah! elle est ben jo
Claire... comme c'est drôle, c't'amour... ça vous q
et ça vous prend comme une envie d'éternuer. Allons,
parti est pris, je pars.

GRIMEDAN, le saisissant au collet.

Et moi, je t'arrête !

<h1 style="text-align:center">SCENE XI.</h1>

MACLOU, GRIMEDAN, Ecuyers, Soldats.

MACLOU, se jettant à ses pieds.

Ah! seigneur Grimedan...

GRIMEDAN.

Saisissez-vous de lui et emmenez-le au château.

MACLOU.

Grâce, grâce!.. c'était pour rire.

GRIMEDAN.

Ah ! tu as beau crier, c'est comme si tu chantais.
menez-le.

MACLOU, criant et se débattant.

Au secours! au secours !..

GRIMEDAU.

Tu résistes!.. qu'on le tue !

Grimedan et les gardes courent sur Maclou en levant
sabres ; Maclou tombe la face contre terre, mais Grin
et les soldats s'arrêtent tout-à-coup ; ils se regardent
mettent leurs sabres dans le fourreau et se prennent à rir

MACLOU, les regardant.

Qu'est-ce qu'ils ont donc ?..

GRIMEDAN.

Mes amis, c'est singulier. Éprouvez-vous la même chose?
on dirait qu'un pouvoir surnaturel agit sur moi.

MACLOU.

Je me croyais déjà mort!..

*Ici on voit Claire qui paroît dans le fond, et touche sa bague.
Au même instant, Grimedan lâche Maclou, les soldats et
les écuyers se prennent par la main et dansent en rond.*

GRIMEDAN.

Air : *Ma commère, quand je danse.*

Je n' sais pas quelle puissance,
Je sens arrêter mon bras,
Jusqu'ici, pour moi, la danse
N'eût jamais autant d'appas,
Je fais des pas,
Des entrechats,
Et je n' peux pas
Lui fair' sauter le pas

MACLOU.

Allons, pis qu' le v'là qui danse,
Je ne la danserai pas.

*Il se sauve ; Grimedan et les soldats continuent à danser ; Claire
et Anne rient aux éclats.*

SCENE XII.

CLAIRE, ANNE, GRIMEDAN, Écuyers, Soldats.

CLAIRE, *touchant sa bague.*

Assez, assez, seigneur Grimedan ; êtes-vous fou de danser
comme ça tout seul ?

GRIMEDAN, *s'arrêtant tout à coup.*

Madame, je vous demande pardon de sauter ainsi devant
vous, mais c'était plus fort que moi.

CLAIRE, *riant.*

Je le sais bien.

GRIMEDAN.

Il faut qu'on m'ait jetté un sort, car je vous jure, madame,
que personne n'est moins dansant que votre serviteur.

CLAIRE.

C'est bon, retournez au château pendant que je vais visiter
toutes les belles choses qni sont en mon pouvoir.

GRIMEDAN.

Sortout ; madame, gardez vous d'entrer dans cette gale
souterraine.

CLAIRE.

N'ayez pas peur, je sais ce que j'ai à faire, puisque je s
la maitresse.

Grimedan , les écuyers et les soldats s'éloignent.

SCENE XIII.

CLAIRE, ANNE.

ANNE.

Ma foi, ma sœur, je n'ai plus le courage de te blâmer, q
ce seigneur Barbe-Bleue est donc riche et puissant !... q
de trésors !...

CLAIRE.

Trouves-tu ?

ANNE.

Ah! il faut qu'il soit ben laid si ça ne l'embellit pas!..

CLAIRE.

Oh! pour laid, il l'est fièrement, va.

ANNE.

Ah çà : qu'est-ce que t'as donc, tu n'as pas l'air conten

CLAIRE.

Ça, c'est vrai que je me sens toute triste.

ANNE,

Et pourquoi ?

CLAIRE.

J'allais te le demander.

Air : *Ce que j'éprouve en vous voyant.*

Dans not' chaumière avec ma sœur,
Travaillant toute la semaine,
Je n'avais ni souci, ni peine ;
D' mon sort, rien n' troublait la douceur.
D' puis c' matin, rien ne m' captive,
Jamais mon cœur n'est satisfait.
Mon dieu, quand la fortune arrive,
Est-c' que le bonheur s'en irait ?

ANNE.

Comment, t'es déjà fâchée d'être une grande dame ?

CLAIRE.

Ma fine, j'crois qu'oui.

Même air.

Lorsque j'étais dans mon hâmeau ,
J'allais danser chaque dimanche ;
D' nos compagnes la gaîté franche
M' rendait c' plaisir toujours nouveau ,
D'puis c' matin je me sens moins vive ,
J' n'éprouve que du regret,
Mon Dieu , quand la grandeur arrive ,
Est-c' que le plaisir s'en irait ?

ANNE.

Mais ma sœur , ça n'a pas de raison ce que tu dis là.

CLAIRE.

Et puis, si j'étais la femme de Maclou , je suis ben sûre qu'il n'aurait pas de secrets pour moi.

ANNE.

Plains-toi donc ! le seigneur Barbe-Bleue n'a--t-il pas mis tous ses trésors à te disposition ? ne t'a-t-il pas laissé toutes ses clefs ?

CLAIRE.

Oh ! oui, toutes ses clefs … excepté…

ANNE.

Eh ben ! qu'est-ce qui t'afflige ?

CLAIRE.

Ah ! rien.

ANNE.

Qu'as-tu qui te manque ?

CLAIRE.

Rien .. seulement je te demande pourquoi le seigneur Barbe-Bleue que tu trouves si confiant, si généreux, m'a défendu de me servir de cette petite clef d'or ?

ANNE.

Il t'a défendu…

CLAIRE.

Oh! très expressément !… ça n'est pas bien ça, n'est-ce pas , ma sœur ?..

ANNE.

Dame ! il a peut être ses raisons.

CLAIRE.

Il ne peut pas en avoir… puisque je serai sa femme, il ne doit rien me cacher.

ANNE.

Mais qu'est-ce qu'elle ouvre cette petite clef?

CLAIRE.

Cette porte basse que tu vois là-bas dans ce coin.

ANNE.

Ce qui est là dedans ne peut pas être ben beau, si j'en juge par ce qui est dehors...

CLAIRE.

Raison de plus pour ne pas me défendre d'y entrer.

ANNE, *se ravisant*.

Au fait, défendre, c'est un peu fort pour un mari.

CLAIRE.

Comment! mais c'est très mal, et puis veux tu que je te dise? je ne peux pas croire qu'une petite clef si brillante.. si bien travaillée, serve à ouvrir un si vilain endroit.

ANNE.

Ça me paraît aussi ben surprenant!...

CLAIRE.

Il est facile de s'en assurer.

ANNE.

Oui... et si Barbe-Bleue?...

CLAIRE.

Comment le saurait-il?

ANNE.

Dame, je ne sais pas, mais j'ai peur.

CLAIRE, *allant à la porte*.

Je ne veux pas y entrer!... oh! mon dieu! c'est seulement pour essayer la clef.

ANNE, *la suivant en tremblant*.

A la bonne heure, si tu crois que

CLAIRE, *l'appelant*.

Viens.... viens...

ANNE.

Prends garde.

CLAIRE.

Oh ! n'y a pas de danger...

(*Elle met la clef dans la serrure.*)

ANNE.

Eh ! bien

CLAIRE.

Elle y va comme si elle était faite exprès.

ANNE.

En ce cas, retire-la bien vîte !

CLAIRE.

Air : *du comte Ory.*

Un moment, pour être sûre
Qu' c'est la clef de ce séjour,
Faut qu'au moins dans la serrure
Je lui fasse faire un tour.

ANNE.

Ma pauvre Claire, prends garde,
N' va pas l'ouvrir tout-à-fait.

CLAIRE.

Ne crains point que j' me hasarde,
J' sais respecter un secret.

ANNE.

Tu causerais notre perte.

CLAIRE, *ouvrant la porte*

Ciel ! la porte est ouverte.

la porte s'ouvre avec un fracas épouvantable ; toutes les deux se reculent effrayées.

ANNE, *se sauvant.*

Ah ! ma sœur !
Ah ! ma sœur !
Je meurs de frayeur !

CLAIRE.

Parle plus bas, parle plus bas,
On est peut-être sur nos pas.

ENSEMBLE.

ANNE.

Ah ! ma sœur !
Ah ! ma sœur,
Je meurs de frayeur.

CLAIRE.

Paix, ma sœur,
Paix , ma sœur,
Calme ta frayeur.

ANNE.

Quel bruit la porte a fait !

Barbe bleue.

CLAIRE.

Ah ! ce n'est rien, c'est qu'on ne l'ouvre pas souvent.

Elle va à la porte.

ANNE.

Ma sœur, je t'en prie, referme-la et partons.

CLAIRE, *regardant autour d'elle.*

Cependant personne ne nous voit...

ANNE.

Personne ?

CLAIRE.

Non.

Même air.

Je suis un peu rassurée,
N' fais donc pas l'enfant comm' ça.
(*Elle la tire par sa robe.*)
Viens seul'ment jusqu'à l'entrée,
Ma sœur, tu m'attendras là.

ANNE, *avançant un pied.*

Eh quoi ! malgré la défense
D'un maitre sombre et jaloux,
Tu veux pénétrer...

CLAIRE.

Silence !
Personne ne l' saura que nous.

(*Elle se dispose à entrer.*)

ANNE.

Claire, que vas-tu faire ?

CLAIRE.

J'entrerai la première.

ANNE.

Ah ! ma sœur,
Ah ! ma sœur,
Je meurs de frayeur.

CLAIRE.

Parle plus bas, parle plus bas,
On est peut-être sur nos pas.

ENSEMBLE.

ANNE.

Ah ! ma sœur,
Ah ! ma sœur,
Je meurs de frayeur.

CLAIRE.

Paix, ma sœur,
Paix, ma sœur,
Calme ta frayeur.

Claire entre précipitamment.

SCENE XIV.

ANNE, *senle.*

Pas si bête que d'entrer avec elle, j'ai trop de crainte ;
il va peut être nous arriver quelque grand malheur.. c'est
sa faute, elle n'a pas voulu m'écouter... voyez si elle reviendra ! il y a donc de bien belles choses à voir là dedans !
ah ! mon dieu, est-il possible d'être curieuse comme ça ! Il
faut que j'aille la retrouver, car elle n'en sortira pas...
(*Elle entre.*) *Dans le moment les arbres qui ferment le fond du
théâtre s'ouvrent et laissent voir un lieu sombre, dans lequel on
remarque sept tombes en marbre blanc ; chacune d'elle porte cette
inscription* CI GIT UNE CURIEUSE, *près de chaque tombe est un
vase contenant un Cyprès. Les deux sœurs jettent de grands cris et
sortent en donnant des marques de la plus grande frayeur, Maclou
accourt à leurs cris.*

SCENE XV.

MACLOU, CLAIRE, ANNE.

MACLOU, *accourant.*

Qu'est-ce qui vous arrive ?

ANNE, *échevelée.*

Ah ! quelle vue !

CLAIRE, *idem.*

Là-dedans.

MACLOU.

Eh bien ! là-dedans, quoi ?...

ANNE.

Des ombres !

CLAIRE.

Des spectres !

MACLOU, *tremblant.*

Qu'est-ce que vous dites donc ?

CLAIRE.

Va voir.

MACLOU.

Moi... je ne suis pas curieux.

CLAIRE.

Sept grandes figures blanches.

ANNE.

Sur des piedestaux.

MACLOU.

Eh ben , c'est des estatues... n' faut pas faire tant de
bruit pour ça.

CLAIRE.

Du tout , elles marchent.

ANNE.

Elles nous suivent.

CLAIRE.

Les vois-tu ?

MACLOU.

Pardi , je ne suis pas aveugle.

ANNE.

Elles avancent à grands pas.

CLAIRE.

Elles sortent.

MACLOU.

Qu'est-ce que tu veux que j'y fasse ?

CLAIRE.

Que dira Barbe-Bleue ; quand il ne les retrouvera plus !

ANNE.

Comment les forcer à rentrer ?

MACLOU.

C'est pas moi qui m'en chargerai toujours.

CLAIRE.

Ah ! mon anneau... essayons.

*Elle touche son anneau, soudain la foudre éclate, les tombes s'en-
tr'ouvrent et des ombres en sortent, les vases se changent en
géans, les femmes de Barbe-Bleue se sauvent en jettant des cris
affreux, Maclou, Claire et Anne tombent à genoux et restent consternées, la toile baisse sur ce tableau.*

FIN DU Iᵉʳ. ACTE.

ACTE DEUXIÈME.

Le théâtre représente un lieu triste et sombre , du parc de Barbe-Bleue. Deux vases antiques et un gros arbre garnissent la scène.

SCENE PREMIERE.

CLAIRE , ANNE.

CLAIRE , *entrant vivement et paraissant au comble de l'afflic-tion .*

Air : *Non jamais, jamais, jamais.*

Ah ! ma sœur, vois ma douleur,
Ne m'afflig' pas davantage ;
J'ai besoin qu'on m'encourage,
Car j'ai bien du malheur.
La douleur et la peur
Se partagent mon cœur.
Rassure-moi, ma sœur,
Car je meurs de frayeur.

ANNE.

Ton futur n'a pas l' droit d' se plaindre,
Car il devait savoir, je croi,
Ce qu'il pouvait avoir à craindre,
En s'éloignant sitôt de toi.

S'il n' trouv' plus son ménage
Tout comme il le laissa,
Un mari qui voyage
Doit bien s'attendre à ça.

ENSEMBLE.

CLAIRE.

Ah! ma sœur, etc. etc.

ANNE.

Ma Claire, point de douleur,
Ne t'afflig' pas davantage;
Il faut reprendre courage,
C' n'est pas un grand malheur.
Calme donc ta frayeur,
Et compte sur ta sœur;
Calme donc ta frayeur,
C' n'est pas un grand malheur.

CLAIRE.

T'as beau dire, je suis une fille perdue!

ANNE.

Bah! bah!.. une fille perdue, ça se retrouve.

CLAIRE.

Barbe-Bleue va revenir.

ANNE.

Peut-être pas de sitôt; et j'espère que d'ici à son retour,
nous aurons le temps de tout réparer.

CLAIRE.

Ah! oui, réparer: ces femmes, ces spectres, ces fantômes, car je ne sais pas au juste ce que c'est, ont pris la
clef des champs... Le moyen de les rattraper?

ANNE.

Ah! dame, c'est difficile.

CLAIRE.

Je ne peux plus compter sur mon anneau, je l'ai presque
usé à force de le frotter; et à présent, bernique, il ne va
plus.

ANNE.

Si du moins ta marraine...

CLAIRE.

Elle m'a dit, c'matin, qu'elle allait partir en diligence pour faire un grand voyage... Et qui sait où elle est à c't'heure ?

ANNE.

Sois tranquille, elle reviendra.

CLAIRE.

Oui, elle reviendra, comme Maclou, qui nous a quittées, sous prétexte d'aller à la découverte, et qui nous laisse là, dans la peine.

ANNE.

Ah ! ce pauvre garçon, comment peux-tu croire ?..

CLAIRE.

Pardi ! ça n'aurait rien d'étonnant, et je l'aurais ben mérité. Il m'aimait tant... je pouvais être si heureuse avec lui... faut-il que ce maudit orgueil m'ait fait faire une pareille sottise !

ANNE.

Eh bien ! ne pleure pas ; tiens, v'là Maclou qui revient.

SCENE II.

Les Mêmes, MACLOU.

MACLOU, *entrant avec mystère.*

Chut !

CLAIRE.

Eh bien ?

MACLOU.

Chut !

ANNE.

Eh bien ?

MACLOU.

Je les ai trouvées.

CLAIRE.

Bah !

MACLOU.

Toutes les sept.

CLAIRE.

Bien vrai?

MACLOU.

Toutes les sept, je les ai comptées sur mes cinq doigts.

ANNE, *à Claire.*

Quand je te disais...

MACLOU.

Silence! elles sont là, dans un bosquet, à une portée de mousquet.. plantées comme des piquets.

ANNE.

Comment, elles restent là?

CLAIRE.

Ah! mon petit Maclou... alors il sera facile de les rattraper?

MACLOU.

Il n'y a rien de si facile; si on a le courage de les aller chercher.

ANNE.

Eh bien, vas-y.

MACLOU.

Allez donc les querir, allez donc querir des fantômes... ce que vous dites là n'a pas l'ombre du sens commun...

CLAIRE.

Tu penses donc que c'est des fantômes?

MACLOU.

Ça ne peut pas être autre chose Je croyais d'abord que c'étaient les anciennes femmes de Barbe-Bleue.

ANNE.

Bah! quelle idée!

MACLOU.

Vous savez bien, les celles qu'il a mises à la réforme, et que dans tout le pays on croit défuntes?

CLAIRE.

Ce serait bien possible?

MACLOU.

Non, j'ai vu tout de suite, par après, que je m'avais trompé.

Air : *Faut l'oublier.*

Tout au bout de c'te grand' allée,
En tremblant je m' suis avancé ;
Croyant comm' je l'avais pensé
Qu' chacune était une belle voilée.
Je m'approche, et j' leux dis tout bas :
Est-ce bien vous qu'êt's là, mesdames ?
On n' répond rien ; là-d'ssus j' m'en vas
En m' disant : ce n' sont pas des femmes,
Ell's n' parlent pas.

ANNE.

Comment, c'est donc ben vrai, qu'il a épousé sept femmes ?..

MACLOU.

Pardi, si c'est vrai… Claire est la huitième.

CLAIRE.

Et si ça continue, la neuvième ne tardera pas à venir.

ANNE.

Ah ! c'est trop fort, par exemple. Le monstre !

Air : *Ces postillons sont d'une maladresse.*

Voyez un peu quels dangers sont les nôtres,
C'est à pein' si j'en puis r'venir.

CLAIRE.

Prendre sept femmes, les un's après les autres,
C'est un crime qu'on doit punir.

MACLOU.

Oui, c'est un crim' qu'on doit punir.
S' marier sept fois, c'est une chose infâme,
Ça n' convient qu'à des insensés.
Il m' semble, moi, qu'en épousant une femme,
Qu'on en a ben assez.

CLAIRE.

Faut-il que je n'aie pas préféré un garçon qui a des sentimens pareils !

MACLOU.

Oh ! d'abord, moi, je n'en prendrons jamais qu'une.

ANNE.

Plus j'y pense, et plus je suis sûre que tu ne t'étais pas trompé ; ces fantômes, c'est les femmes à Barbe-Bleue.

CLAIRE.

Justement ; il les a rendues muettes pour se venger d'elles !… Et v'là le sort qui m'attend !… Suis-je assez malheureuse !…

MACLOU.

C'est vrai, que ça serait un coup bien terrible pour vous, mesdemoiselles.

CLAIRE, *pleurant.*

J'aimerais mieux être morte.

MACLOU.

Par exemple....

ANNE.

Ma sœur.

CLAIRE.

Non, c'est fini.

MACLOU.

Allons, voyons... Que diable, ne vous tourmentez pas d'avance... vous parlez encore .. on ne rend pas une femme muette comme ça en un clin-d'œil... il y a de la besogne, allez.

CLAIRE.

Je vas me périr, tant pis.

MACLOU.

C'est des bêtises.

ANNE.

Ecoute.... Il me vient une idée qui peut nous sauver tous.

CLAIRE.

O ma chère Anne, je t'écoute...

MACLOU.

Ça serait une fameuse trouvaille !

ANNE.

Il faut que Maclou aille prévenir nos parens, nos amis, nos voisins, et qu'il fasse lever le village en masse pour venir nous délivrer.

CLAIRE.

Oui, mais comment sortira-t-il du château ?

MACLOU.

C'est ce que j'allais dire ; comment sortirai-je t'y ?

ANNE.

J'ai un moyen.

MACLOU.

Si elle a un moyen...

ANNE.

Depuis ce matin, l'intendant, M. Grimedan, cherche Maclou.

(59)

MACLOU.

Pour à seule fin de me.... (*Il fait un geste de battre.*)

ANNE.

Il faut que tu te livres...

MACLOU.

Pauvre petite ! voyez-vous ça !

ANNE.

Qu'est - ce que tu risques ? on te mettra à la porte.

MACLOU.

Oui, après m'avoir administré....

CLAIRE.

O ma sœur ! que je t'ai d'obligations ! le moyen est délicieux.

MACLOU.

Sûrement, sûrement ; il est gentil ; je ne peux pas dire le contraire ; cependant, si vous en pouviez trouver un autre.....

ANNE.

C'est impossible.

CLAIRE.

Air : *Mais ce n'est pas pour aujourd'hui* (Maison isolee.)
Allons, Maclou, sois donc aimable,
Tu n'auras pas à t'en r'pentir ;
Toi seul peux me faire sortir
De c'te passe désagréable.

MACLOU
Mais s'ils allaient encor tout d'bon
Me donner des coups de bâton,
J'en ons déjà
Assez comme ça.

CLAIRE.
Mon p'tit Maclou, mon bon Maclou,
Mon pauvr' Maclou, mon cher Maclou,
Tu m'aim's encor ?   (*bis.*)

MACLOU, *parlant.*

Oui, certainement, que je t'aime ; tu le sais ben, quoique j'aie joliment des griefs contre toi !...

CLAIRE.

Oh ! ne m'en veux pas ; j'avais la tête tournée ; mais, tiens, si nous pouvons nous sauver d'ici, je te promets de renoncer aux grandeurs, aux richesses, aux plaisirs, au bonheur, et je t'épouse tout de suite.

MACLOU.

Ben vrai ?

CLAIRE.

Parole d'honneur !

MACLOU.

Suite de l'air.

Allons, je m' résigne à mon sort ;
Mais empêch' les d' frapper trop fort.
C'est fini, j'oublie tout ; j'ai pas de rancune.

CLAIRE.

Ce pauvre Maclou ! ça fera-t-il un bon mari !

ANNE.

Dépêchons, mets-toi à genoux, et fais semblant d'avoir
peur.

MACLOU.

Je n'ai pas besoin de faire semblant, va ; j'en ai le
frisson d'avance ; mais, c'est égal ; puisqu'il le faut, il le
faut ; me v'là à genoux !

ANNE.

Bon ! (*Appelant.*) Seigneur Grimedan ! Seigneur Grimedan !

CLAIRE.

Le cœur me bat d'une force....

ANNE.

Au secours ! au voleur ! monsieur l'intendant !..., (Il ne
vient pas.) (*A Maclou.*) Appèle donc aussi, toi...

MACLOU.

Pas si bête... il arrivera toujours ben assez tôt ; Ah !
mon Dieu ! le v'là.

SCENE III.

Les Mêmes, GRIMEDAN, Écuyers, Gardes armés
de fusils.

CHŒUR.

Air : *A boire, à boire, à boire.*

Aux armes ! aux armes ! aux armes !
Quels cris parviennent jusqu'à nous ?
Aux armes !　　　　　(*ter*)
Accourons tous.

GRIMEDAN.

J'arrive avec mes hommes d'armes ;
Qui peut donc causer vos alarmes ?
(*Apercevant Maclou.*)

Ah! mon drôle, il faut y passer,
Tantôt tu m'as fait m'exercer,
Mais à ton tour tu vas danser.

ENSEMBLE.

GRIMEDAN et ses gens.
Redoute
L'instant qui te livre à nos coups;
Redoute
Notre courroux.

MACLOU.
Je m' doute
Du sort qui m'attend auprès d' vous ;
Je m' doute
Qu' j'aurai des coups.

ANNE et CLAIRE.
Je r'doute
L'instant qui le livre à leurs coups ;
Je r'doute
L' poids d' leur courroux.

GRIMEDAN.

Ah! coquin, cette fois, tu ne m'échapperas pas.

MACLOU, *à part.*

Pardi! puisque je me fais arrêter moi-même.

GRIMEDAN.

Mes amis, approchez avec précaution; je le crois **brave.**

MACLOU.

Il ne me connaît guère.

GRIMEDAN.

Vous le tenez bien, n'est-ce pas ? Bon! Au nom de
Monseigneur, j'ordonne, qu'à l'instant même...

MACLOU, *à part.*

Aie! aie! gare mes épaules...

CLAIRE, *à part.*

Pauvre Maclou!

GRIMEDAN, *continuant.*

Le délinquant, ici présent, sera pendu...

MACLOU, CLAIRE et ANNE.

Pendu !

GRIMEDAN.

Au plus grand arbre du parc de Fanfignac.

MACLOU.

Comment, pendu...

CLAIRE.

Vous le prenez bien haut, monsieur l'intendant !

MACLOU.

V'là une autre affaire, à présent !

GRIMEDAN.

La sentence est prononcée, Madame, il faut qu'elle s'exécute.

MACLOU

Et moi qui, bêtement, viens me fourrer dans la gueule du loup.

GRIMEDAN.

Qu'on l'appréhende au corps, qu'on l'entraîne et qu'on le pende. Marchons.

CLAIRE.

Un moment, monsieur l'intendant, c'est un garçon de mon village, je n'entends pas qu'on lui fasse du mal.

MACLOU.

C'est ça !... elle n'entend pas. (*Bas à Claire.*) Aie du caractère.

CLAIRE.

Je ne vous commande pas autre chose, sinon de le mettre à la porte tout de suite.

GRIMEDAN.

Je suis bien fâché de contrarier Madame; mais, comme si ce drôle n'était pas pendu, il faudrait que je le fusse à sa place, il est naturel que je préfère...

MACLOU, *à part.*

Il aime mieux que ce soit moi, le sournois..... (*Bas à Claire.*) C'est égal, aie du caractère.

GRIMEDAN.

Qu'on s'empare de lui.

MACLOU.

Vous ne me tenez pas encore, et je vas vous faire courir. (*Il fait des efforts pour s'échapper.*)

GRIMEDAN.

Tenez-le bien. Quand je vous disais qu'il était brave !

MACLOU, *se débattant.*

Oui, je suis brave, surtout quand j'ai peur, et, en voilà la preuve.

GRIMEDAN.

Arrêtez-le, arrêtez-le.

(*Maclou cherche à fuir; on le poursuit; il perd la tête, et grimpe sur un gros arbre placé au milieu de la scène.*)

GRIMEDAN.

Ah! tu fais rbbellion! Gardes, vos armes sont bien chargées?

ANNE.

Qu'est-ce qu'ils vont donc faire ?

CLAIRE.

M. Grimedan.

GRIMEDAN.

En ce cas, feu sur ce misérable.

CLAIRE.

Ah! ce pauvre Maclou !

GRIMEDAN.

Et prenez garde de me blesser.

MACLOU, *sur l'arbre.*

Entends-tu , il a dit : feu, Claire ?

CLAIRE.

Je vous le défends, je vous le défends.

ANNE.

On vous le défend.

GRIMEDAN.

C'est l'ordre de votre maître , feu.

(*Les gardes le couchent en joue, mais leurs fusils se brisent. L'arbre sur lequel a grimpé Maclou, se transforme en une espèce de tour, portée par quatre monstres qui l'emportent.*)

Ah ! qu'est-ce que c'est que ça ?

MACLOU.

Ousque je vas ? ousque je vas ?

CLAIRE.

Le diable qui emporte Maclou !

GRIMEDAN.

C'est un magicien ! raison de plus pour l'arrêter ; mettons-nous à sa poursuite.

(*Ils sortent du même côté que Maclou.*)

CLAIRE.

O mon dieu ! s'ils allaient le rattraper.

ANNE.

Il n'y a pas de danger ; d'ailleurs, il ne risque rien avec une escorte comme la sienne.

CLAIRE.

Tout ça me cause un tremblement......

ANNE.

Eh! sois tranquille ; j'ai bonne idée que Maclou nous sauvera... Tiens... tiens... regarde ce gros oiseau...

CLAIRE.

C'est un dindon.

ANNE.

C'est Maclou !

(*On voit, en effet, Maclou à cheval sur un énorme dindon,
qui l'emporte à travers les airs.*)

MACLOU.

Rassure-toi, Claire, je vole et je reviens.

CLAIRE, et ANNE *sautant de joie.*

Ah ! ce bon Maclou !

GRIMEDAN, *reparaissant avec ses gens.*

Traître, ne crois pas m'échapper ; feu sur le dindon,
feu sur le dindon.

(*Maclou disparaît dans la coulisse. Grimedan et les gardes
continuent de le poursuivre.*)

SCENE IV.

ANNE , CLAIRE.

ANNE.

Oui, oui, va, cours, tu seras bien malin si tu
l'attrappes.

CLAIRE.

Quel bonheur ! le v'là sauvé.

ANNE.

Qu'est-ce que tu me disais donc, que ta bague n'avait
plus de pouvoir ? il me semble qu'elle va encore joliment.

CLAIRE.

Ma bague, je t'assure qu'elle n'est pour rien dans tout
ça ; je n'y ai tant seulement pas touché.

ANNE.

Bien vrai ?

CLAIRE.

Bien vrai.

ANNE.

C'est drôle ! Qui donc nous a envoyé ce secours ?

UNE VOIX.

C'est moi.

ANNE.

Hein ! dis donc, ma sœur, entends-tu ?

CLAIRE.

Pardi ! sûrement que j'entends. Oh ! la jolie petite voix !

ANNE.

Encore quelques sorcelleries !

CLAIRE.

Ah ! celle-là ne m'effraie pas , où êtes-vous ?

LA VOIX.

Devant toi.

*Le vase se change en un petit trône de roses, et le Génie Rose
en descend.*

ANNE.

Qu'est-ce que je vois ?

CLAIRE.

Oh ! le joli petit garçon !

SCENE V.

Les Mêmes, LE GÉNIE ROSE.

LE GÉNIE.

Je suis le génie Rose et le meilleur ami de ta marraine,
la fée Ninette.

CLAIRE.

Ah! vous êtes le bon ami de ma marraine ?

LE GÉNIE.

Avant son départ , la fée m'a chargé de veiller sur toi ,
et j'ai commencé à remplir ma mission en sauvant le pauvre
Maclou des lureurs de Grimedan.

CLAIRE.

Vous êtes un bien bon génie.

LE GÉNIE.

Je crois mériter ce litre , car je ne fais que du bien.

Air : *Je serai sage un autre jour.*

Un pauvre homme est-il mécontent
De n'avoir pas un sou comptant,
Je lui fais prendre avec gaîté
  La chose.   (*bis*)
 Il voit la pauvreté
 Couleur de rose.

Un pauvre époux par sa moitié
Se voit-il trahi sans pitié,
  De son vin,
  Je double soudain
  La dose.   (*bis*)
 Et crac, il voit l'hymen
 Couleur de rose.

Je prouve à maint brave soldat
Que de son prince et de l'état
Il peut sauver par un effort
    La cause.   *(bis)*
Il marche, et voit la mort
    Couleur de rose.

CLAIRE.

Puisque vous êtes si bon, vous allez sans doute me faire sortir d'ici ?

LE GÉNIE.

Je le voudrais, mais je n'en ai pas le pouvoir.

CLAIRE.

Au moins, vous me garantirez de la colère de ce vilain Barbe-Bleue ?

LE GÉNIE.

Je ferai tout ce que je pourrai, et vous allez en voir une preuve.

Il agite sa baguette, la haie de rosiers disparaît, et l'on aper-çoit les sept femmes de Barbe-Bleue, debout et immobiles sous un kiosque élégant.

CLAIRE.

Ah ! v'là ces grandes figures blanches.

Les sept femmes descendent lentement.

SCÈNE VI.

Les Mêmes, LES SEPT FEMMES.

ANNE, *effrayée.*

Ah ! ma sœur... quelle idée, de faire venir ces vilains fantômes !

CLAIRE.

Laisse donc, je veux leur demander ce qu'elles faisaient dans la galerie où nous les avons trouvées.

ANNE.

Bah ! leur demander... puisqu'elles sont muettes.

LE GÉNIE.

Elles ne le sont plus.

Il les touche de sa baguette, les sept femmes se mettent à parler avec beaucoup de volubilité.

LES SEPT FEMMES, *ensemble.*

Air : *Courant d' la blonde à la brune.*

Grand merci, mademoiselle,
De votre soin obligeant,
Nous devons à votre zèle
De revivre en ce moment.
Hélas! nous étions muettes,
Et vous sentez bien qu'étant
De ce sexe dont vous êtes,
Nous devions bien souffrir.
Mais quel plaisir
De pouvoir
Vous devoir
Le bonheur
Et l'honneur
De parler,
Babiller.
D'puis dix ans,
Là-dedans,
Nous pleurons,
Nous mourons;
Mais enfin
Le destin
Nous sourit,
Et finit
Nos malheurs,
Nos douleurs;
Nous causons,
Nous jasons,
Jamais nous n'oublierons
L' plaisir que vous nous faites.

ANNE , *se bouchant les oreilles.*

Assez, assez... ah ! les bavardes , quel tapage !

CLAIRE.

Ecoute donc , il faut bien qu'elles se dédommagent du temps qu'elles ont perdu ; c'est naturel, je me mets à leur place ; cependant , mon petit génie , tâchez qu'elles ne parlent que l'une après l'autre.

LE GÉNIE , *levant sa baguette.*

Je l'ordonne.

CLAIRE.

C'est ça; à présent, dites-moi qui que vous êtes, et pourquoi que vous étiez enfermées dans cette vilaine galerie ?

UNE FEMME.

Air : *Nous nous marierons dimanche.*

De Mimi Cruel,
Seigneur de c' castel,
J'étais la femme...
TOUTES.
Moi d' même.
LA FEMME.
Au serment que j' fis
Je désobéis,
Par curiosité...
LES FEMMES.
Moi d' même.
TOUTES.
J' voulus l' tromper
Pour m' dïssiper...
TOUTES.
Moi d' même.
LA FEMME.
Mais il l'apprit,
Et m'en punit ..
TOUTES.
Moi d' même.
LA FEMME.
Le jaloux qu'il est,
M'a laissé l' regret
De ne l'avoir pas fait...
TOUTES.
Moi d' même.

LA FEMME.

C'est pour être entrées dans cette galerie, malgré sa défense, qu'il nous a toutes rendues muettes.

CLAIRE.

Les pauvres femmes!.. Et qu'est-ce qu'il a donc de si
précieux à cacher là-dedans ?

LA FEMME.

C'est là qu'est renfermé le secret de sa barbe.

CLAIRE et ANNE.

De sa barbe !

LA FEMME.

Ne savez-vous pas que c'est à elle seule qu'il doit sa puissance , ses trésors ?

CLAIRE.

Si fait, Maclou me l'a dit.

(69)

LE GÉNIE.

Ce que tu ignores, c'est que le sort de la fée Ninette est
attaché au même enchantement, et qu'elle recouvrera sa
jeunesse et sa beauté, le jour où Barbe--Bleue perdra son
pouvoir magique.

CLAIRE.

Qu'il prenne garde de le perdre.

LA FEMME.

Cela dépend de vous.

CLAIRE.

De moi ?

LE GÉNIE.

Oui, sa puissance ne peut lui être enlevée que par la
main d'une jeune fille.

CLAIRE.

Ah ben ! je suis toute prête. Dites-moi seulement où il
cache son grimoire, et je le lui aurai bientôt soufflé.

ANNE, *effrayée.*

Oh ! ma sœur !

LES FEMMES, *vivement.*

Il faut lui ar...
Le génie fait un signe ; elles se taisent et continuent à remuer les
lèvres, sans articuler un seul mot.

CLAIRE.

Il faut lui...quoi ?...ah ! mon dieu ! est-ce qu'elles sont
redevenues muettes ?

LE GÉNIE.

Elles allaient trop parler, et si l'on t'en disait davantage,
tu ne pourrais plus rien pour ta marraine.

CLAIRE.

Comment ! je ne saurai pas...

LE GÉNIE.

Ainsi le veut le destin. Il exige aussi que la jeune fille,
qui tentera cette entreprise, n'ait jamais eu aucun reproche
à se faire.

CLAIRE.

Ah ! ma marraine est bien bonne d'avoir compté sur
moi, mais...

LE GÉNIE.

Craindrais-tu quelque chose ?

CLAIRE.

Dame, écoutez donc, on n'est jamais ben sûre... il faut

si peu de chose pour... quand je n'aurais à me reprocher
que ma conduite avec Maclou.

LE GÉNIE.

Elle ne peut te rendre coupable, car c'est la fée Ninette
qui t'a inspiré le desir d'épouser Barbe-Bleue.

CLAIRE.

Ah! dame, c'est vrai, que si je n'avais pas été ensor-
celée .. cependant, je n'sais pas pourquoi.... mais, cette
condition... ça m'fait peur.

LE GÉNIE.

Tu ne me comprends donc pas?

CLAIRE.

Oh! que si fait.

Air *du vaudeville de la Fermière.*

> J'entends ben vot' langage;
> C' pouvoir qui m' fait frémir,
> N'y a, dites-vous, qu'un' fille sage
> Qui puiss' le lui ravir.
> Ma marraine m'est chère,
> L'innocence est mon bien;
> J'essaierai pour lui plaire,
> Mais je n' réponds de rien.

*On entend un son de trompette bien aigre, bien lugubre, puis
celui de la grosse cloche. Les sept femmes paraissent
effrayées.*

ANNE, *effrayée.*

Oh! qu'est-ce que c'est qu' ça?

CLAIRE.

On dirait de la sonnette à la Barbe-Bleue.

LE GÉNIE.

Ce bruit annonce son retour.

CLAIRE.

Il revient? ah! v'là mon courage qui s'en va.

ANNE.

C'est le moment de le retrouver, au contraire; allons,
de la fermeté. Le seigneur génie va faire rentrer ces dames
dans la galerie, tu en reprendras la clef, puis tu courras au
devant du seigneur Barbe-Bleue, et tu tâcheras d'être, près
de lui, si bonne, si aimable, si complaisante, qu'il n'aura
pas le moindre soupçon.

CLAIRE.

Ah! si ça pouvait s'arranger comme ça...

LE GÉNIE.

Ta sœur a raison : de la prudence, de l'adresse, et ceux qui te protégent ne t'abandonneront pas. (*aux femmes, en les touchant de sa baguette.*) Suivez-moi, vous autres.

LA FEMME.

Retourner dans cette vilaine prison ?.. jamais.

CLAIRE.

Comment ! elles ne le veulent plus ?

TOUTES LES FEMMES.

Nous n'y rentrerons pas, nous n'y rentrerons pas !

CLAIRE.

C'est pour le coup que je serais perdue !

LE GÉNIE.

Rassure-toi, je saurai les forcer à m'obéir.

Les femmes se réfugient dans le kiosque, qui se change soudain en une grande volière roulante qui les emmène. Anne entraîne sa sœur, et le petit génie, placé près du kiosque, semble commander tout ce mouvement.

Le théâtre change et représente une salle gothique, d'un aspect triste et sombre; à gauche, un balcon élevé de cinq ou six marches, donnant sur la campagne. A droite, le commencement d'un escalier qui descend à l'étage inférieur. Il fait nuit; la salle est éclairée par une lampe.

SCENE VII.

BARBE-BLEUE, GRIMEDAN, Ecuyers, Vassaux de Barbe-Bleue.

Air *de Fernand Cortèz.*

Honneur, honneur, honneur,
Au seigneur
Barbe-Bleue.
Honneur, honneur, honneur,
A notre bon seigneur.

BARBE-BLEUE.

Sont-ils joyeux.
Je sentais d'une lieue
L'accueil heureux

Que je devais, messieurs, recevoir en ces lieux.
(Reprise du chœur).
Honneur, honneur, honneur, etc.

BARBE-BLEUE.

C'est fort bien... vous dites que vous êtes enchantés de
mon retour, je suis sûr que vous n'en pensez pas un mot ;
mais c'est égal, ça fait toujours plaisir à entendre... chantez, dansez, amusez-vous, je vous le permets, et si ma
permission ne suffit pas, je l'ordonne...

GRIMEDAN.

Quoi ! monseigneur, vous voulez que nous chantions ?...

BARBE-BLEUE.

Juste.

GRIMEDAN.

Allons, en train, tout le monde.

CHŒUR.

Honneur, honneur, honneur...

BARBE-BLEUE.

C'est faux ; que voulez-vous que je fasse de votre honneur ?.. chantez moi plutôt :

Bonheur, bonheur, bonheur,
Au seigneur Barbe-Bleue.

CHOEUR.
Bonheur, bonheur, bonheur,
Au seigneur Barbe-Bleue.
Bonheur, bonheur, bonheur,
A notre bon seigneur.

Les Ecuyers et Vassaux s'éloignent sur un signe de Barbe-Bleue.

SCENE VIII.

BARBE-BLEUE, GRIMEDAN.

GRIMEDAU.

Mon doux maître, je suis émerveillé, je ne vous ai jamais vu si gai.

BARBE-BLEUE.

Ni moi non plus : mais c'est que, vois-tu, Grimedan,
j'ai dans l'idée que ce mariage-là sera plus heureux que les
autres. Mes premières femmes étaient des demoiselles, elles
croyaient me faire trop d'honneur en m'épousant ; tandis

que celle-ci a un air de bonté, de simplicité, de naïveté,
d'ingénuité qui fait, qu'en vérité, j'en suis enchanté.

GRIMEDAN.

Je ne le suis pas moins que vous, seigneur.

BARBE-BLEUE.

Je le crois bien, je le paie pour cela. Dis-moi, comment
tout s'est-il gouverné, pendant mon absence ?

GRIMEDAN.

On ne peut mieux, seigneur, et l'ordre le plus parfait a
régné dans ce château.

BARBE-BLEUE.

N'est-il arrivé aucun accident ?

GRIMEDAN.

Aucun... si ce n'est...

BARBE-BLEUE.

Si ce n'est... quoi ?

GRIMEDAN.

Un paysan, qui était parvenu à s'introduire au château,
dans l'espoir de parler à la future compagne de monseigneur.

BARBE-BLEUE.

Jour de Dieu ! serait-ce un amant ?

GRIMEDAN.

Je l'avais pensé d'abord ; mais madame Claire m'ayant
donné l'ordre de l'arrêter, mes soupçons se sont totalement
dissipés.

BARBE-BLEUE.

Ah ! elle l'a fait arrêter ?.. excellente petite femme ! Tu
lui as obéi ?

GRIMEDAN.

Hélas ! non, seigneur.

BARBE-BLEUE.

Comment, misérable !

GRIMEDAN.

Ne vous fâchez pas, mon doux maître...

Air *de Lantara.*

On allait ici le conduire,
Car on l'avait fait prisonnier.
Mais, monseigneur, je dois vous dire,
Que le drôle était un sorcier.

BARBE-BLEUE.

Que dis-tu ? c'était un sorcier !

GRIMEDAN.

Mon âme encore en est toute troublée;
Jamais vous ne croirez cela,
Sur un dindon il a pris sa volée.

BARBE-BLEUE.

Sur un dindon! tu n'étais donc pas là?

GRIMEDAN.

C'est devant moi qu'il a pris sa volée.

BARBE-BLEUE.

Comment, coquin, tu n'étais donc pas là?

GRIMEDAN.

Pardonnez-moi, monseigneur, j'étais là.

BARBE-BLEUE.

Envolé sur un dindon!.. je me reconnais là, toujours le même guignon! J'aurais eu tant de plaisir à le faire pendre... c'est encore un de tes tours, méchante fée Ninette; tu sais que c'est dans ma barbe qu'est ma toute-puissance, et tous tes efforts tendent à me la ravir... c'est toi qui as engagé toutes mes femmes, l'une après l'autre, à pénétrer dans cette galerie, qui renferme un secret si précieux pour moi Mais tu ne parviendras pas à dégarnir mon menton; et je conserverai ma barbe bleue, pour que tu gardes toujours tes rides et tes cheveux blancs. Mais, calmons-nous, et revenons à Claire.

GRIMEDAN.

La voici.

BARBE-BLEUE.

Elle vient par l'escalier qui conduit à la galerie secrète! qu'est-ce que cela veut dire?

GRIMEDAN.

Cela veut dire...

BARBE-BLEUE, *en colère.*

Je ne te le demande pas, imbécille.

SCENE IX.

Les Mêmes, CLAIRE, ANNE.

CLAIRE, *à part.*

Le voilà.

ANNE, *à part.*

Oh! quelle figure! il est encore plus laid que tu ne m'avais dit.

BARBE-BLEUE , *bas à Grimedan.*

Qu'est-ce que cette jeune fille qui l'accompagne ?

GRIMEDAN.

C'est sa sœur Anne.

ANNE , *bas à Claire.*

C'est égal, du courage , Maclou ne peut tarder.

BARBE-BLEUE.

Elle n'est pas mal.

ANNE , *de même.*

Cajole-le tant que tu pourras ! parais enchantée de son retour.

BARBE-BLEUE.

S'il me fallait renoncer à Claire , celle-ci pourrait faire ma neuvième.

ANNE , *poussant Claire.*

Va donc.

CLAIRE , *à part.*

Il paraît de bonne humeur, ça me rassure.

BARBE-BLEUE.

Grimedan , emmène cette jeune fille.

CLAIRE , *étonnée.*

Ma sœur !

ANNE.

Quoi ? Monseigneur , vous nous séparez !

BARBE-BLEUE.

Vous vous reverrez bientôt.

CLAIRE.

Cependant, j'espérais...

ANNE , *bas à Claire.*

Ne l'irrite pas !... je suis là près de toi.

GRIMEDAN.

Belle demoiselle , voulez-vous me donner votre main ?

ANNE.

Avec plaisir, monsieur l'Intendant.

Elle sort avec Grimedau.

SCENE X.

BARBE-BLEUE , CLAIRE.

CLAIRE , *à part.*

V' là l' moment de la crise , il n'y-a plus moyen de re-culer , tâchons de faire ce que m'a dit ma sœur.

BARBE-BLEUE.

Eh bien , ma petite mère , vous ne me dites rien ?

CLAIRE.

Pardonnez-moi, monseigneur... Mais , j'ai été si émue, si troublée!...

BARBE-BLEUE.

Et de quoi , ma belle ?

CLAIRE.

Ah ! dame ! c'est que je ne m'attendais pas au bonheur de vous revoir sitôt... et ça me cause un...

BARBE-BLEUE.

Un ?

CLAIRE.

Ça me fait une.

BARBE-BLEUE.

Une quoi ?

CLAIRE.

Enfin , tant y a que j'en suis toute tremblante..

BARBE-BLEUE.

C'est clair. (*à part.*) Je crois, dieu me pardonne, qu'elle me dit des douceurs.

CLAIRE.

C'est ben gentil à vous d'être revenu si vîte.

BARBE-BLEUE, *à part.*

Est-ce à moi qu'elle parle ? (*Haut.*) Je n'ai pas perdu une minute, ma petite Claire , et cependant, je reviens de bien loin...

CLAIRE.

Comme vous devez être fatigué ! et je gage que vous n'avez rien pris en arrivant, quelle imprudence !... (*Appelant.*) M. Grimedan, M. Grimedan... vîte des verres, du vin , des bouteilles ; c'est pour monseigneur !

BARBE-BLEUE.

Merci , merci, je ne veux rien. (*A part.*) quel empressement! c'est un ange que cette petite femme-là.

CLAIRE.

Est-il possible que vous ayez pris tant de peine pour moi ?

Air : *Et ça m' rend bête et sensible.* (Servante justifiée).

C'est plus d' bonté que j' n'en mérite,
Vous êt's rev'nu trop vite ;

Qui sait c' qu'il en résultera !
Permettez que j' vous offre une chaise.
Quoique d' vous r'voir je sois ben aise,
N' fallait pas vous gêner pour ça.
     BARBE-BLEUE, *s'asseyant.*
C'est une chose surprenante,
Comme elle est prévenante.

     CLAIRE.

    Même air.

L'état où j' vous vois me tourmente ;
Donnez-moi votre mante.
    (elle lui prend son manteau)
De tels soins n'sont pas superflus
Après un aussi long voyage.
    (elle lui essuie la figure avec un mouchoir.)
Voyez comme vous êtes en nage
Que n' preniez vous quelqu's jours de plus.
     BARBE-BLEUE, *enchanté.*
C'est une chose surprenante,
Comme elle est caressante.

     CLAIRE, *à part.*
O mon dieu ! s'il pouvait oublier...
    BARBE-BLEUE, *restant assis et la faisant approcher.*
Claire, tu ne seras donc pas fâchée d'être ma petite femme ?
     CLAIRE.
Fâchée, ben au contraire.
     BARBE--BLEUE.
Tu m'aimes donc un peu ? hein !
     CLAIRE.
Ah ! dame, ça, ne se dit pas ces choses-là, et j'ose point...
     BARBE-BLEUE.
Ose, mignonne, ose, dis-moi seulement, tu ne me trouves pas trop laid ?
     CLAIRE.
Laid ! par exemple, je ne m'y connaîtrais guères.
     BARBE-BLEUE.
Comment, ma barbe ne te paraît pas effrayante ?
     CLAIRE.
Bien loin de ça, je la trouve fièrement belle... d'une jolie couleur, et pas commune surtout.
     BARBE-BLEUE, *à part.*
Je n'en reviens pas, c'est la première fois qu'on me dit pareille chose.

CLAIRE.

Enfin , monseigneur , tant y a que je me trouve ben heureuse que ça soit moi que vous ayez choisie.

BARBE-BLEUE , *se levant, et à part.*

Elle m'aime... c'est une chose inconcevable.

CLAIRE.

Mais si vous alliez vous reposer.

BARBE-BLEUE.

C'est inutile , j'aime bien mieux m'occuper des apprêts de notre mariage , et je vais sur le champ... rends-moi mes clés.

CLAIRE , *à part.*

Oh mon dieu. (*Haut.*) Que vous êtes donc aimable, monseigneur ! oh ! soyez tranquille , vous n'auŕez pas affaire à une ingrate ; je n'ai pas beaucoup d'esprit, je suis un peu gauche , mais pour ce qui est d'avoir un bon cœur...

BARBE-BLEUE.

Je te crois , mon enfant , mais donne-moi mes clefs.

CLAIRE , *l'interrompant vivement.*

Je veux rester constamment auprès de vous. Oh ! ça c'est décidé, je ne vous quitterai pas d'une minute.

BARBE-BLEUE.

C'est fort bien , mais je te demande mes clefs.

CLAIRE , *même jeu.*

Toujours soumise à vos moindres désirs, je ne vous laisserai jamais le temps de répéter un ordre.

BARBE-BLEUE , *impatienté.*

Prouve-le moi donc en me remettant mes clefs.

CLAIRE , *plus vivement encore.*

Enfin, j'aurai pour mon cher époux tant de soins, tant de complaisance !...

BARBE-BLEUE , *durement*

En voilà ássez !.. (*à part*) cette femme là m'aime trop, il y a quelque chose là-dessous (*haut*) je te-dis de me rendre mes clefs.

CLAIRE.

Ah ! vos clefs !... oui : oui, j'entends... je...

BARBE-BLEUE.

Les aurais tu-égarées ?

CLAIRE.

Je ne crois pas, monseigneur; cependant il n'y aurait rien
d'impossible...j'étais si troublée ,.. si bouleversée.. j'en ai
tant vu depuis que je suis dans ce château.

Air: *Il est vrai que Thibaut mérite.* (Des deux jaloux.)

> C'est vraiment un' chose admirable
> D' voir tant d' trésors là rassemblés,
> Et je m' croirais ben excusable
> Si j'avais mêm' perdu vos clefs.
> Ces biens sout à moi, j'en dispose.
> Dieu! quel éclat! quelle splendeur!
> Dans le trouble que ça me cause
> J'aurais perdu ben autre chose
> Qu' ça n' s'rait pas ma faut', monseigneur.

BARBE-BLEUE, *avec colère.*

Ça ne serait pas ta faute !

CLAIRE.

Oh! monseigneur ! quels vilains yeux noirs vous me faites !

BARBE-BLEUE.

Mes yeux, ils sont ouverts...

CLAIRE.

Pardon, je les croyais noirs.

BARBE-BLEUE.

Ils sont ouverts sur la conduite de ceux qui veulent me
tromper. (*Montrant un petit sac qui fait partie du costume de
Claire.*) Mes clefs sont là, donne-les moi.

CLAIRE , *tremblante.*

Air : *Je crains de lui parler la nuit.*

Monseigneur, pourquoi ce courroux?
Vous étiez si tendre et si doux.

BARBE-BLEUE.

Tant de retard m'irrite.
Rends-moi mes clefs bien vite.

ENSEMBLE.

CLAIRE , *lui donnant le trousseau.*

Les v'là, mais malgré moi,
Je sens mon cœur qui bat, qui bat,
Et de crainte et d'effroi.

BARBE-BLEUE.

Je soupçonne pourquoi
Je vois son cœur qui bat, qui bat,
Et de crainte et d'effroi.

CLAIRE , *à part.*

S'il pouvait ne pas s'apercevoir !...

BARBE-BLEUE.

Il me manque une clef.

CLAIRE.

Une clef!

BARBE-BLEUE.

Et c'est justement celle de la galerie du parc.

CLAIRE.

Ne vous fâchez pas, monseigneur, j'vas surement la trouver; crainte d'avoir envie de m'en servir , je l'ai mise à part..
la.. voici..

BARBE-BLEUE.

La voici! regarde, malheureuse! elle était d'or et tu me la
rends de bronze.

CLAIRE , *tremblante.*

Je ne m'y connais pas , monsegneiur.

BARBE-BLEUE.

Ah! tu ne t'ÿ connais pas ?

CLAIRE.

Du tout, je ne sais pas ce que ça veut dire.

BARBE-BLEUE.

Ça veut dire, que tu es entrée dans le souterrain.

CLAIRE.

Moi !

BARBE-BLEUE.

Eh! bien qu'y as-tu vu ?

CLAIRE.

Mais, monseigneur....

BARBE-BLEUE.

Fais-moi l'amitié de me répondre ; qu'y as-tu vu ?

CLAIRE.

J'ai vu.. j'ai vu.. des..

BARBE-BLEUE.

Des curieuses , dont tu vas partager le domicile.

CLAIRE.

Ah ! monseigneur !

BARBE-BLEUE.

Il n'y a pas de monseigneur qui tienne ; tu seras enfermée comme elles...

CLAIRE.

Est il possible ?

BARBE-BLEUE.

Comme elles, tu seras immobile.

CLAIRE.

Je n'en puis plus.

BARBE-BLEUE.

Inanimée.

CLAIRE.

J'étouffe !

BARBE-BLEUE.

Et muette !

CLAIRE.

Je me meurs !...

SCENE XI.

CLAIRE, BARBE-BLEUE, ANNE.

ANNE, *accourant.*

Ma sœur ! ma sœur ! ah mon dieu, qu'est ce qu'elle a ?

BARBE-BLEUE

Elle n'a rien , ça ne vous regarde pas.

ANNE.

Qu'est-ce que vous lui faites donc ?

Barbe bleue.   6

BARBE-BLEUE.

Je ne lui fais rien du tout pour le moment, mais ça ne tardera pas ; allons, madame la curieuse, marchons ; vous aurez le tems de vous évanouir quand vous serez là-bas....

CLAIRE.

Grâce, monseigneur !

BARBE-BLEUE.

Je n'entends pas de cette oreille-là.

ANNE, *lui parlant de l'autre côté*

Voyez ses pleurs.

BARBE-BLEUE.

J'en ai vu bien d'autres...

CLAIRE.

Ayez pitié de moi.

BARBE-BLEUE.

Ce n'est pas dans mes habitudes ; suis-moi de bonne volonté, ou je te fais enlever par les génies qui sont à mes ordres.

ANNE, *bas à Claire.*

Demande-lui le temps de nous faire nos adieux.

BARBE-BLEUE.

Allons, y sommes-nous ?

CLAIRE.

Je suis prête à vous obéir ; mais, je vous en prie, ne me refusez pas une dernière grâce.

BARBE-BLEUE.

Qu'est-ce que c'est ?

CLAIRE.

Permettez-moi de rester un petit brin avec ma sœur pour lui faire mes adieux.

BARBE-BLEUE.

Je n'aime pas les délais ; suivez-moi.

CLAIRE.

Vous me refusez ?..

ANNE.

Moi, d'abord, je ne quitte pas ma sœur.

BARBE-BLEUE.

Qu'est-ce à dire ?

Air : *De la danse de Scythes.*

Craignez de me résister,
N'allez pas ajouter
Aux torts qu'envers moi vous eûtes.

CLAIRE et ANNE.

Daignez entendre raison,
Monseigneur, soyez bon,
Accordez-moi mon pardon.

BARBE-BLEUE.

Non.

CLAIRE.

J'ai mérité vot' courroux,
Mais, pour moi montrez-vous
Aus i doux
Que vous le fûtes.

BARBE-BLEUE.

Allons, je suis bon humain,
Et, la montre à la main,
Je vous donne cinq minutes.

ENSEMBLE.

BARBE-BLEUE.

Du temps sachez profiter,
Et craignez d'ajouter
Aux torts qu'envers moi vous eûtes.
Epargnez-moi vos regrets,
Je suis sensible, mais
Je ne pardonne jamais.
Paix !

CLAIRE et ANNE.

Ah ! c'est trop nous maltraiter ;
Que peut-on se conter
Quand on n'a que cinq minutes ?

Monseigneur, voyez $\frac{ses}{mes}$ r'grets

Et je vous le promets

Ça $\frac{n'\ m'}{n}$,arriv'ra plus jamais.

Barbe-Bleue descend l'escalier.

SCÈNE XII.

ANNE, CLAIRE.

ANNE.

Oh ! le méchant !

CLAIRE.

Oh ! le monstre ! je suis nâvrée, désespérée !... ne nous
laisser que cinq minutes pour babiller ensemble !

ANNE.

Quelle barbarie !

CLAIRE.

Ah, j'en ai d'avance la chair de poule ; me rendre muette
dis donc, ma sœur, est-ce que déjà ma voix commence à se...

ANNE.

Mais non, ça va encore bien.

CLAIRE.

Ne me flatte pas.... il me semble que ma langue s'em-
barrasse.

ANNE.

Ah ! bah ! c'est la peur...

CLAIRE.

Ah! si j'savais où c'quelle est sa puissance! comme je la
lui escamoterais de bon cœur!

ANNE.

Calme-toi , ma sœur.

CLAIRE.

T'en parles ben à ton aise , toi; c'est égal, je crois que
t'as raison, car le tems se passe ; tu diras à Maclou que je
l'aime toujours et que si je ne lui dis pas moi-même, ce n'est
pas ma faute.

BARBE-BLEUE, *en bas.*

Avez-vous bientôt fini ?

CLAIRE.

Un moment donc ; les cinq minutes ne doivent pas encore
être passées... est-il impatient de m'ôter la parole !

Air : *Une fille.*

Ah ! c'est une indignité !
Je le soutiens , je l'répète,
Rendre une femme muette
Est un acte de cruauté.
Tu sais qu' par inadvertance
J' gardais queuqu' fois le silence ;
Mais dans cette circonstance,
D'puis que j' sais qu' pour m'accabler ,
La parole va m'être ravie,
J' n'ai jamais eu d' ma vie
Autant d'plaisir à parler.

BARBE-BLEUE *en bas.*

Descendras-tu bientôt de là-haut ?

CLAIRE , *appuyée sur la rampe.*

Encore une petite minute ; (*à sa sœur.*) et Maclou qui n'arrive pas !.... Sœur Anne , monte sur le balcon , et dis-moi si tu vois quelque chose.

ANNE.

J'y vais.

BARBE-BLEUE.

Air : *Encore un quart'ron.*

Mais ce n'est pas pour rire.
Descendras-tu bientôt ?

CLAIRE , *à Barbe-Bleue.*

Pardon, pardon, beau sire,
A ma sœur j'ai là-haut,
Encore un p'tit mot
   A dire,
Encore un p'tit mot

CLAIRE.

Air : *Monseigneur vous ne voyez rien.*

Ma sœur, ne vois-tu rien venir?
ANNE , *en haut du balcon.*
Si, du fin fond de nos campagnes,
Y m' semble de loin voir accourir
Et nos parens et nos compagnes.

CLAIRE.

Tu sais le danger que je cours,
Appèle-les à mon secours.
Eh bien? Anne eh bien?
ANNE.
Ah ! ma sœur, je ne vois plus rien.

BARBE-BLEUE , *appelant.*

Descendras-tu bientôt de...

CLAIRE , *courant.*

On y va...

BARBE-BLEUE.

Air : *Encore un quart'ron.*

Tu braves ma menace,
Je vais aller là-haut.

CLAIRE.

J' vois bien qu'il faut qu' j'y passe.
Je suis à vous bientôt.
Encore un p'tit mot,
De grâce !
Encore un p'tit mot.

BARBE-BLEUE.

Je monte.

CLAIRE.

Air : *Ermite, bon Eermite.*
Sœur Anne, ma sœur Anne,
Si tu n' vois rien venir,
C'est que l' destin m' condamne;
J' descends pour en finir.

ANNE, *sur le balcon.*
(*Elle parle,* 'Arrête !)
(*Elle chante.*)

A travers la poussière,
Dans l'éloign'ment j' crois voir,
Comme une fourmillière
De p'tits hommes s' mouvoir.
CLAIRE.
Sœur Anne, ma sœur Anne,
Fais-leur sign' de v'nir,
Sœur Anne, ma sœur Anne,
Ma bonne sœur Anne,
La peur me f'ra mourir.

ANNE.

E t de c' côté-ci, v'là Maclou, v'là Maclou ! tout l'
village est avec lui !
CLAIRE.

Quel bonheur !

SCENE XIII.

Les Mêmes, BARBE-BLEUE.

BARBE-BLEUE, *paraissant tout-à-coup.*

Ils arriveront trop tard.
CLAIRE.

Ah ! mon Dieu !

BARBE-BLEUE, *montrant sa montre.*

Nous avons cinq minutes trente-trois secondes.

ANNE.

Déjà !

BARBE-BLEUE.

Dépêchons-nous.

CLAIRE.

Monseigneur !

BARBE-BLEUE.

Je n'écoute plus rien. (*Il veut l'entraîner.*)

ANNE.

Ma sœur ! ma sœur ! au secours !

LA FÉE NINETTE.

Arrête, Barbe-Bleue !

(*Le balcon devient un groupe de nuages sur lequel on voit la Fée et les petits génies ; il en arrive de semblables aux quatre coins du théâtre. Les petits génies sont en bonnets de nuit et en robes de chambre ; les petites vieilles en peignoirs et en cornettes.*)

SCENE XIV.

Les Mêmes, LA FÉE, Petits Vieux et Petites Vieilles, ensuite MACLOU et les Villageois.

LA FÉE.

Epargne Claire, je te l'ordonne.

BARBE-BLEUE.

C'est encore toi, méchante petite vieille ; ta protection ne la sauvera pas, et tu ne seras venue que pour être témoin de son châtiment.

LA FÉE.

Ses amis vont la défendre, je les ai introduits dans ton château ; viens, Maclou.

(*Maclou arrive à la tête des villageois armés de bâtons.*)

MACLOU.

Rendez-moi ma Claire, je veux ma Claire.

BARBE-BLEUE.

Viens la chercher.

(Une grille s'élève au premier plan dans toute la longueur du théâtre, et sépare Barbe-Bleue, Claire et Anne de toutes les autres personnes.)

Air : *de la Fricassée.*

Vous ne la sauverez pas,
Et ma vengeance
En cet instant commence,
Vous ne la sauverez pas,
Restez-là, monsieur le fier-à-bras.
Claire, on vous demande en bas.

CLAIRE et ANNE.

Daignez m'épargner, hélas !

BARBE-BLEUE.

De t'attendre je suis las ;
Viens, suis mes pas ;
Là-bas
Tu vas
Sauter le pas.

ENSEMBLE.

CLAIRE et ANNE.

Daignez m'épargner, hélas !

Que vot' clémence

Termine ma/sa souffrance.

Daignez m'épargner, hélas !

Et là-bas

Je n'/Al n' retournerai pas.

LA FÉE, MACLOU, LES VILLAGEOIS.

Tu ne l'immoleras pas ;
De l'innocence
Nous prendrons la défense.
Tu ne l'immoleras pas ;
Nous saurons la soustraire
Au trépas.

BARBE-BLEUE.

Vous ne la sauverez pas. etc.

(Pendant cette reprise, Barbe-Bleue a saisi Claire par le bras, et cherche à l'entraîner. Elle se débat, parvient à se dégager, et se jette à ses genoux ; mais, en joignant fortement les mains pour implorer sa pitié, elle saisit sa barbe, et la tire sans s'en apercevoir.)

BARBE-BLEUE.

Âie *!* ma barbe, veux-tu lâcher ma barbe ?

LA FÉE.

Claire, ne la lâche pas.

MACLOU.

Tiens ferme.

ANNE.

Tire fort.

BARBE-BLEUE.

Veux-tu laisser ma barbe ? tu me fais mal.

CLAIRE.

Tant pis, il en arrivera ce qui pourra;

(Elle tire de toutes ses forces, et la barbe lui reste à la main. Soudain le tonnerre gronde ; la grille disparaît ; les petites vieilles se changent en génies richement vêtus ; la Fée Ninette redevient jeune. Le théâtre change, et représente les jardins, et, au fond, le palais de la Fée Ninette.)

SCENE XV.

BARBE-BLEUE, LA FÉE, CLAIRE, ANNE, MACLOU, Nymphes, Génies, etc., etc.

MACLOU.

Ma chère Claire, c'est moi qui t'ai sauvée de là! ah! que j'ai bien fait de venir à ton secours !

BARBE-BLEUE.

Quel changement s'opère en moi !

MACLOU.

A-t-il son béjaune, depuis qu'il n'a plus sa barbe bleüe !

LA FÉE, à *Mimi-Cruel.*

En perdant ta barbe, tu vas perdre aussi ta défiance et ta cruauté.

MACLOU.

C'est tout bénéfice, une perte comme celle-là.

LA FÉE.

Dupe d'une illusion, tu as cru épouser sept femmes ; mais tu n'en as réellement épousé qu'une, c'est Isaure de Valbon.

BARBE-BLEUE.

Comment, c'est ma première !

ISAURE.

Et il faut que je sois la dernière, mon cher Mimi !

LA FÉE.

Dote ces deux époux, et tu verras que c'est en faisant le bonheur des autres qu'on est heureux soi-même.

BARBE-BLEUE.

C'est fini, bonne Fée, je ne serai plus méchant, à moins que ma barbe ne repousse.

CLAIRE.

Seigneur Mimi, il faut avoir grand soin de vous faire raser.

CHOEUR.

Air : *Triomphez, bel Alcindor.*

Livrons-nous à la gaîté,
Célébrons ces métamorphoses ;
C'est toujours avec des roses
Qu'amour corrige la beauté !

CLAIRE, *au public.*

Air : *du Vaud. du passe-partout.*

Jarni, comme la barbe pousse !
Nous en voyons de toutes les couleurs ;
Et Barbe-Noire et Barbe-Rousse
Ont effrayé jadis les spectateurs.
Quand Barbe-Bleue à son tour sur la scène,
A ses fureurs ose donner l'essor,
Quand de sa barbe il vous offre l'étrenne,
Ah ! pour nous que se soit une barbe d'or.

CHOEUR.

Quand Barbe-Bleue , etc.

Livrons-nous à la gaîté , etc.

F I N.

www.ingramcontent.com/pod-product-compliance
Ingram Content Group UK Ltd.
Pitfield, Milton Keynes, MK11 3LW, UK
UKHW022112070726
13613UKWH00003B/1008